문제가 있습니다

문제가 있습니다

사노 요코 지음 ― 이수미 옮김

샘터

차례

1장

누구에게서 태어날지 아무도 선택할 수 없다.
그것이 가장 큰 운명이다.
가지고 태어난 성질의 핵심적인 부분은 바뀌지 않는다.
그게 더 큰 숙명인지도 모른다.

🖋 약은 맛있다

옛날 옛날 한 옛날이라 표현할 수 있을 만큼 오랜 옛날에, 병에 Thymitussin이라 적힌 갈색 액체를 기침약으로 마셨다. 나는 그 약을 굉장히 좋아했다. 오빠는 싫어했으니 만인이 좋아하는 맛은 아니었는지도 모른다. 왠지 약효가 좋을 것 같은 맛이었다. 나는 열아홉 살까지 병원 한번 간 적이 없을 정도로 튼튼한 아이였다. 배탈이 난 적도 없고 토한 적도 없고 감기에 걸린 적도 별로 없어서 갈색 액체를 마실 기회도 그리 자주 생기지는 않았다. 건강하여 손이 안 가는 아이는 부모의 관심을 끌기 어려운 법이다. 나는 부모가 애지중지하는 연약한 소녀가 되길 바랐다. 하지만 병약한 오빠가 남자 아이들한테 맞고 오면 곤봉을 들고 구출하러 달려가는 아이였기에 아무도 나를 보호해야 한다는 생각은 하지 않았으리라.

게다가 집에서는 파리 잡는 기술이 누구보다 뛰어났다. 파리

채로 두 마리를 한꺼번에 때려눕히기도 했다.

파리가 부웅부웅 날아다니는 소리가 들리면 아버지가 "자, 여기 있다" 하며 파리채를 던져주었다.

그때 나는 다섯 살이었다. 파리채를 들고 꼼짝 않고 서서 눈만 파리를 따라간다. 파리가 창가에 앉더라도 바로 움직이지는 않는다.

몸집이 작은 젊은 파리는 차분히 있지 못하고 금세 다른 곳으로 이동한다. 가만히 지켜보다가 파리가 손을 비비기 시작하면 살금살금 다가가 한 번에 탁 때려눕히는 게 비결이다.

맥없이 떨어지면 확인사살을 한다. 칼싸움 영화를 보면 사무라이가 일대일로 붙는 장면에서 시선을 적의 얼굴에 집중하고 발만 움직여 이동하다가 이때다 싶은 순간에 가차 없이 찌르는데, 지금도 그 장면을 보면 어릴 적 파리채가 떠오른다.

나는 어린 시절 파리잡기에 평생 쓸 집중력과 담력을 모두 소진해버렸다. 어른이 되어감에 따라 점점 산만해지기만 했다. 여태껏 인생을 살면서 그만큼 열심히 했던 작업이 또 있었던가? 게다가 성과도 좋았다.

다섯 살에는 천재였는데, 스무 살에 보통 이하가 되어버렸다.

어릴 적 여름만 되면 자주 마셨던 음료수 중에 자그마한 초록색 콩을 삶아서 식힌 올리브색의 맑은 액체가 있었다. 정말 싫었다. 중국에서만 경험할 수 있는, 뭐라 설명하기 어려운 애매한 맛이었다.

어느 날 마시다 남은 컵에 내가 잡은 파리를 넣었다. 한 마리 넣으니 두 마리를 넣고 싶어졌다. 반쯤 죽은 파리가 버둥거리는 게 재미있어서 파리잡기에 더욱 열중했다. 집안에 파리가 없으면 밖으로 나가 쓰레기통 주변을 날아다니는 파리까지 사냥해왔다. 액체 표면이 새카매지니 만족감과 함께 불쾌감이 스멀스멀 올라왔다. 밝은 방에 들어와서 보고 징그러워 얼른 버려야겠다고 생각했을 때 그만 아버지한테 들키고 말았다.

아버지가 "너는 똥이랑 된장도 구분 못하냐!!" 하고 고함을 질렀다. 내가 싱크대 쪽으로 가려하니 "변소에 버려!!" 하고 또 고함을 질렀다.

아버지는 내가 섬뜩했을 것이다.

그 후로도 무슨 일이 있을 때마다 "똥인지 된장인지도 모르냐!!" 하고 야단을 쳤는데, 뭘 두고 그런 말을 했는지 다 잊어버렸다.

지금 생각하면, 나는 똥과 된장이 뒤섞인 인생을 살아온 것 같다.

나는 그 올리브색 액체를 더 이상 마실 수 없게 되었다.

이따금 칼피스를 마셨다. 사이다도 마셨다. 칼피스를 싫어하는 아이도 있을까? 마실 때마다 감동했다. 나의 칼피스 사랑은 평생 이어졌다. 지금도 하얀 바탕에 파란 물방울무늬를 보면 기분이 좋다. 칼피스를 마실 때마다 어릴 적 감동이 되살아난다.

어린 시절이 마냥 즐거웠던 건 아니다. 몇몇 행복했던 순간을 칼피스가 여름의 밝은 햇살과 함께 떠오르게 한다.

그 후 일본으로 귀환했다.

수도가 없는 마을이어서 우리는 계곡 물을 길어 밥을 짓고 같은 곳에서 빨래를 하고 채소를 씻었다. 놀 때는 그 물을 손으로 떠서 마셨다. 시원하고 기분 좋았다.

그 계곡의 상류 쪽에 외딴집이 있었는데, 거기 사는 사람은 바로 집 앞에서 기저귀 빨래를 하고 채소를 씻었다.

똥과 된장이 뒤섞인다는 게 딱 이런 상황을 두고 하는 말이 아닐까? 청결에 관해서는 참 너그러웠던 것 같다.

어느 여름날 도쿄에 있는 이모 집에 놀러갔다. 이모가 컵에 담긴 갈색 액체를 마셔보라고 권했다. 한 모금 마신 순간, 압도적인 감동을 경험했다. 난생 처음 마셔보는 음료수였다. 달콤한 듯하면서도 산뜻했다. "이거 뭐야?" "보리차야." "비싸?" 이모는 웃으며 "비싸"라고 말한 후에 또 웃었다.

시골에서 중소도시로 이사를 했다. 보리차는 일상적으로 마시는 여름 음료수가 되었다. 커다란 주전자에 끓여 수돗물로 식했다. 냉장고가 없던 시절이었다. 나는 미지근한 보리차를 좋아했다. 세상이 조금씩 풍요로워졌다. 열여덟 살에 도쿄로 올라올 무렵부터 냉장고와 TV가 보급되기 시작했다. 건축 붐이 일기 시작하면서 길이 울퉁불퉁해지고 어딜 가나 온통 먼지투성이였다.

처음으로 코카콜라라는 걸 마셔보았다. 코카콜라라는 빨간 글자와 잘록한 녹색 병을 봤을 때 미국에서 병째로 건너온 게 아닐까 생각했다.

한 모금 마신 순간의 충격을 잊을 수가 없다.

코카콜라는 어릴 적 먹었던 기침약 맛이었다. 콜라를 처음 마시기 전까지 그 맛을 떠올린 적은 없었다. 약냄새 난다고 싫어한 친구도 있었지만 나는 기적을 만난 심정이었다. 그때도 기침약으로 이용되었는지는 잘 모르겠다.

그 기침약 안의 어떤 성분이 콜라 맛을 내는지도 모른다.

콜라가 몸에 나쁘다는 건 알지만 이따금 그 약 맛을 느끼고 싶어 '가끔은 괜찮겠지' 하면서 콜라를 마신다.

🖋 달님

나는 미래에 대해 어떠한 꿈도 가진 적이 없다. 미래는 늘 의심스러웠다. 어릴 때 본 만화에 걷지 않아도 저절로 이동이 가능한 도로가 나왔다. 하늘에는 1인용의 작은 비행기가 날아다녔다. 거리에 터무니없이 높은 빌딩이 우뚝 솟아 있고 여기저기 로봇이 걸어다니기도 했다. 그 만화를 내게 보여준 다카짱은 "굉장하다, 굉장해, 미래는 이런 세상이야" 하면서 입에 거품을 물고 흥분했지만, 나한테는 허무맹랑한 이야기로만 들렸다. 게다가 그런 이야기는 내 취향도 아니었다.

게타*를 신고 들판에서 놀던 시절이었으니 다카짱도 100년, 200년 뒤의 머나먼 미래 이야기라고 생각하지 않았을까?

그랬는데 언젠가부터 나는 움직이는 길 위에 서 있게 되었다.

---

* 기모노와 함께 착용하는 일본의 전통 나무신

15

거리 풍경이 만화에서 본 것보다 훨씬 더 번쩍번쩍 빛난다. 빌딩도 첩첩이 이어져 있다. 그 만화에 스마트폰은 나오지 않았다. 사람들이 컴퓨터를 각자 한 대씩 지니고 다니게 되리라는 것까지는 상상하지 못했던 모양이다. 그리 길지 않은 기간에 상상 속의 미래가 현실이 되었고, 어느새 현실이 앞질러가기 시작했다. 나는 스마트폰으로 메시지를 보내며 편리해진 세상을 찬양하다가도 사소한 일에 비위가 상하기도 한다.

가난했던 청춘 시절, 데이트 약속은 엽서를 통해서 했다. 그 아이, 글자를 참 못썼는데. 누구든 글자를 쓸 때 독특한 버릇이 나왔고 저마다 개성이 있었다. 실연한 여자애의 편지에 눈물이 번져 1센티 정도 파란 동그라미가 생긴 걸 본 적이 있다.

스푸트니크 2호를 타고 나간 개가 아직도 지구 둘레를 돌고 있으리라 생각하면 섬뜩하다. 내가 가장 싫어하는 사진은 은색 풍선 같은 옷을 입은 인간이 달에서 걷는 사진이다. TV로 보면서 '너, 거긴 뭐 하러 갔어? 쓸데없이'라고 생각했지만 남자들은 흥분했다.

나는 이대로가 좋아. 토끼가 떡방아를 찧는 달이 좋아. 차를 타고 산길을 달리면서 달을 보면 공주님이 달빛 아래에서 왕자를 기다리는 장면이 상상된다. 중국 땅에서 일본의 달을 그리워하는 한 남자의 고독이 느껴진다. 갓난아기를 등에 업은 열두 살 소녀가 터서 갈라진 작은 손을 펴고 겨울 하늘에 뜬 달을 아기에게 보여주려 애쓰는 모습을 애틋한 마음으로 떠올린다. 달은 나를 자꾸만 과거로 데려간다.

달은 보는 것이다.

지구에 태어났던 인간이 몇 조 명이었는지는 모르지만, 모두 달을 보고 생각에 잠기거나 그저 멍하니 바라보았다. 보름달이 뜨면 늑대인간이 울부짖기도 했다. 모양이 변하는 달을 달력 대신으로 이용하면서 불편하다고 누가 생각했을까?

거기까지 가서 돌을 주워오는 건 미친 짓이다. 사람에겐 해선 안 되는 일이 있다. 그런데 사람들은 해선 안 되는 일만 하고 싶어한다. 해버리면 당연한 게 된다.

우리에게 미래가 없어졌다. 미래가 다가오기도 전에 현실이 빠른 속도로 앞질러가기 때문이다. 내가 본 만화는 SF였을까? 지금 우리가 보는 SF영화처럼 세상이 또 바뀔까? 그런 세상이 오기 전에 죽고 싶다.

내 안의 뭔가가 그래선 안 된다고 주장하지만, 상상 속의 미래가 그리 밝지는 않다. 자꾸만 앞질러가는 현실을 따라가자니 숨이 찼다. 내가 지금껏 살아온 시간은 모두 과거가 되었다.

그저께가 보름달이었다. 수풀 위로 펼쳐진 깊은 남색 하늘에 동그란 달이 영롱하게 빛났다.

이 계절의 보름달을 보면 베이징에 살던 시절 집 앞 정원에 나와 달구경하던 때가 떠오른다. 정원에서 술판을 벌이는 손님들이 베이징의 중추명월은 세계 최고라고 떠들어대며 턱을 치켜들고 하늘을 쳐다보았다. 왠지 나도 감탄해야 할 것 같았다. 하지만 나는 하얀 벌레를 찾느라 고개를 숙이고 있었다. 이제쯤 달을 봐야 할 것 같아 위를 쳐다봤을 때 담 위에 있는 고양이와 눈이 마주쳤다. 나는 검은 고양이를 보고 감탄했다.

대학생 때 나라로 수학여행을 간 적이 있다. 나라공원에서 모두 허리를 젖히고 달을 보았다. 보름달이었다. 옆에서 허리를 젖히고 있는 남학생 얼굴이 낮에 볼 때보다 선명했다. "야, 너, 지금은 인기 없어도 스물일곱, 여덟 쯤 되면 괜찮은 여자가 될 거야. 그때 내가 반해줄게." "미래는 됐으니 지금 반해." "그건 무리야. 절대 무리." 그 남자는 지금 어디서 뭘 하고 있을까?

베니스에서 혼자 돌아다니다가 열 살 정도 되는 남자 아이한테 헌팅을 당했다. 저녁 8시에 교회 분수대에서 기다리겠단다. 12시가 다 되어 홀로 베란다에 나와 보니 달이 떠 있었다. 달빛이 바다의 잔물결처럼 산들산들 비쳤다. 그 아이, 정말로 교회 앞에서 기다렸을까? 왠지 웃음이 나왔다. 그날도 보름달이었다.

거봐, 달은 옛 추억을 떠올리기 위해 존재하는 거야.

🖋 '문제가 있습니다'까지

내가 처음 러시아인을 본 것은 베이징의 노면전차 안에서였다. 그때 네 살이었다. 중국인과 일본인이 빽빽하게 타고 있는 전차 속에 유독 키가 크고 얼굴이 하얗고 머리카락이 검지 않고 눈동자가 명확하지 않은 남자가 한 사람 타고 있었다. 나는 백인을 본 게 처음이어서 적잖이 놀랐다. 아버지 옷자락을 잡아당기며 집게손가락으로 그 남자를 가리켰다. 아버지는 무섭도록 낮은 목소리로 "사람한테 손가락질 하면 못써!!" 하고 말했다. 창피했다. 강렬한 수치심이었다. 아버지는 전차에서 내린 후에야 "백계 러시아인이군" 하고 말했다.

지금 생각하면 동물원에서 기린이나 코끼리를 처음 봤을 때처럼 신기한 눈으로 쳐다봤던 것 같다.

지금도 백계 러시아인의 그 백계가 무슨 뜻인지 잘 모르겠다. 거리에서 백인을 보면 모두 백계 러시아인이라고 생각했다.

전쟁이 끝났다. 그때 우리는 다롄에 있었다. 러시아 군대가 우르르 몰려왔다.

러시아 군인은 여자만 보면 강간한다는 소문이 돌았다. 강간이라는 단어도 몰랐을 때였다.

러시아 군인은 몸집이 컸다. 무리를 지어 돌아다니면, 아이들은 꺄아 소리 지르며 도망갔다. 그러고 숨어서 훔쳐보았다. 러시아 군인은 야만인이라는 말도 돌았다. 우리는 러시아인을 로스케라고 불렀다. 누가 만들어낸 말인지 모르지만 경멸의 뉘앙스가 풍기는 단어였다.

로스케들은 지나가는 일본인에게서 손목시계를 빼앗아 자기 팔에 다섯 개씩 열 개씩 차고 다녔다. 예외라곤 없었다. 시계도 모르는 야만인이었다. 러시아 트럭이 길을 가는 남자를 태워 어딘가로 데리고 가기도 했다. 그 사람들은 두 번 다시 돌아오지 않았다. 어느 날 아버지가 담배를 사고 있는데 가게 여주인이 지금 트럭이 온다고 뒷문으로 나가라고 알려줘서 도망쳐왔다고 말한 적이 있다. 기누코짱 아버지도 어느 날 사라졌다. 기누코짱 어머니는 폐병에 걸려 늘 잠옷 위에 하얀 겉옷을 입고 지내다가 갑자기 돌아가셨다. 기누코짱과 그 동생은 어떻게 됐을까?

얼마 지나지 않아 일본인 전쟁고아들 수가 엄청나게 늘었다. 밤늦게 창문을 두드리는 소리가 들려 나가보니 열 살 정도 되어 보이는 남자 아이가 김밥을 하나 들고 생글생글 웃으며 서 있었다.

불 켜진 창문 안엔 우리 가족 여섯 명이 있었다. 겨울이었다. 그 아이가 김밥을 주겠다며 내밀었다. 엄마가 "내일 먹으렴" 하고 말했다. 어느 친절한 일본인이 먹여주고 내일 먹을 것까지 챙겨준 모양이었다. 그 아이는 우리 가족이 되고 싶었는지도 모른다.

근처 공원에 학교가 새로 생겼다가 전쟁이 끝나면서 없어졌는데, 그 학교 학생 열대여섯 명이 집단으로 목을 맨 사건도 있었다. 이 학교에 입학하려고 일본에서 건너온 지 얼마 안 된 아이들이었다. 그런 상황인데 일본이 과연 존속할 수 있으리라 생각이나 했을까?

어느 날 대낮에 뒷집 아줌마가 발가벗고 우리 집 창문으로 뛰어든 적도 있다. 지금 생각하면 오싹한데 그때는 왜 그런지 가슴이 두근거렸던 기억이 난다.

밤이 되면 술 취한 러시아 군인들이 큰 소리로 노래하며 몰려다녔다.

"저 녀석들은 술 취하면 꼭 노래를 부른단 말이야." 아버지는 왠지 감탄한 표정이었다. 성량이 풍부한 합창이긴 했다.

어느 날 밤늦게 아버지가 큰 봉투처럼 생긴 보자기를 들고 왔다. 풀어보니 식빵 한 덩어리 크기의 소시지가 두 개 들어 있었다. 하나는 전체적으로 거무스름한데 하얀 가루가 섞인 소시지였다.

그렇게 큰 소시지는 처음 봤다. 다른 하나는 어떤 소시지였는지 잊어버렸다.

술 취한 러시아 군인이 막대기에 보자기를 걸고 노래하며 걷는 걸 아버지가 보고는 저 녀석들 반드시 떨어뜨릴 거라 생각하고 뒤를 밟았다고 한다. 과연 예상대로였다. 옥수수떡이나 수수죽만 먹던 우리에겐 그야말로 천국의 음식이었다. 아버지가 존경스러웠다.

다롄에 야마토 호텔이라는 고급 호텔이 있었다. 호시가우라라는 예쁜 바다 옆에 있었던 것으로 기억한다. 소련 장교의 숙소로 이용되는 곳이었다. 학교는 없어졌지만 담당했던 여선생이 두세 명의 아이를 데리고 소풍을 가주었다.

우리가 앉아 있는 곳에 한 군인이 다가왔다. 밤에 술 취해서 노래하는 로스케하고는 복장도 품격도 완전히 달랐다. 어릴 땐 간단한 러시아어 정도는 할 수 있었기 때문에 아마 내가 먼저 말을 걸었던 것 같다. 그 군인이 나를 안아 올리더니 호텔에 가자고 했다. 나는 어렸지만 알았다. 이 사람한테 나만한 자식이 있으리라는 것을. 나를 보고 아이들 생각이 난 것이다. 선생님은 다녀오라고 했지만 나는 무서워서 계속 고개를 저었다.

우오즈미 시즈카 선생님, 그때 갈 걸 그랬다고 평생 후회하고 있습니다.

선생은 귀국하면서 나한테 일본 주소를 주었다. 나는 그 종이를 보물처럼 간직했다.

그런데 오빠가 그걸 빼앗아 먹어버렸다. 주소를 기억한 오빠가 새로 써주었지만 결국 잃어버렸다.

다음으로 내가 만난 러시아인은 안나 카레니나였다. 그때 중학생이었던 것 같다.

안나 카레니나는 술 취한 러시아인과 아무런 연관성이 없었다.

중학생이 《안나 카레니나》를 이해할 수 있었을까? 지금도 그 군인들과 안나 카레니나와 브론스키가 같은 나라 사람이라는 게 믿기지 않는다. 계급의 차이는 국적의 차이를 능가한다.

《카라마조프 가의 형제들》도 읽었다. 어려웠지만 활자라면 닥치는 대로 읽었다.

번역자가 같은 사람이었다. 나는 일본에 러시아어를 할 줄 아는 사람이 한 사람밖에 없다고 생각했다.

어떤 내용인지 이해하기 어려웠다. 장황한 이름이 한 줄 전체를 차지하기도 하고 문체가 심하게 중후했다.

나는 복잡한 인간상을 다양하게 그려냄으로써 악이나 신앙의 근원을 파헤친 도스토옙스키를 인간이라면 죽기 전에 반드시 읽어야 하는 것으로 규정했다.

어렵고 심각하고 뭔가 끈적거리는 느낌이 싫었지만, 그래도

《카라마조프 가의 형제들》을 끝까지 다 읽었다. 다른 재미있는 것이 없었기 때문이다. 나이를 잔뜩 먹어 시간이 남아돌 때 여생을 즐기며 다시 읽어보리라 다짐하고 옆으로 치워두었다.

그동안 나는 중년이 되었다. 집에 러시아인이 기거한 적도 있다. 그때 같이 살던 사람이 데려왔다. 그 사람의 집은 엄청 넓고 방이 몇 개나 되고 부엌도 따로 있었기 때문에 덩치 큰 러시아인이 있어도 걸리적거리진 않았다. 일본문학을 공부하러 일본에 건너온 러시아 청년이었다. 일본어를 조금 할 줄 알았다. 그는 대화할 때 늘 "문제가 있습니다"라는 말로 시작했다. "문제가 있습니다, 팩스 용지가 없습니다." "문제가 있습니다, 기름이 없습니다." "문제가 있습니다, 볼펜이 없습니다."

너무 뻔뻔스러운 게 아니냐고 동거인과 흉본 적이 있다.

여기까지가 내가 아는 러시아인의 모든 것이다. 나는 국제인이 아니다. 언어는 일본어밖에 못한다. 섬나라라서 내 성질도 섬나라다.

어쩌다 러시아인에 대해 쓰기 시작했을까? 나는 지금 여생의 한가운데에 있다. 도스토옙스키를 읽을 때가 되었다.

고분샤(光文社)에서 새로 번역하여 출판한 《카라마조프 가의 형제들》을 읽기 시작했다. 눈이 확 뜨였다. 술술 읽히는 일본어라 중학생이 읽어도 이해할 것 같았다. 예전에 한 사람밖에 없었던 그 번역자의 죄가 깊다. 새 번역을 읽지 않고 죽은 일본인은 천국까지 오해를 품고 갔겠구나. 섬나라 일본인은 다른 나라 사람을 거의 영화나 책이나 TV를 통해서만 알 수 있다. 번역투 따위 있어서는 안 된다. 우리는 외국문학을 일본어로 읽으니까.

🌿 푸른 하늘, 하얀 치아

1944년에 베이징에서 다롄으로 거주지를 옮겼다. 아버지의 전근 때문이었다. 아버지는 만주철도조사부라는, 나중에 알게 된 바로는 스파이 활동도 했던 부서의 학술조사단이었는데, '중국 농촌 관행조사'라는 민속학 관련 일을 했던 모양이다. 출장을 자주 다녔다. 몽골에서도 유독 외진 곳으로만 다녀서, 돌아올 땐 먹은 적도 본 적도 없는 사탕이나 과자 같은 선물을 잔뜩 챙겨오곤 했다. 나는 두근거리는 가슴을 안고, 가방을 여는 아버지 앞에 털썩 주저앉아 기다렸다.

다섯 살이었다. 유치원에 갔다가 3일 만에 그만뒀다. 그네를 타는데 눈꼬리가 올라간 삼각형 얼굴의 남자 아이가 그네를 옆으로 흔들어 내 그네에 세게 부딪쳤기 때문이다. 다음 날부터 나는 집 앞의 아카시아 가로수 아래에 쭈그리고 앉아 못으로 땅을 쑤시고 놀았다. 2, 3일 지났을 때 유치원 아이들이 줄지어 거리를 가로지르는 걸 보았다. 배낭을 짊어지고, 물통을 메고, 기쁨과 즐거움에 겨워 까아까아 떠들어대며 이동했다. 이럴 수가. 나는 유치원을 그만두는 게 아니었다고 깊이 후회했지만, 인생에는 돌이킬 수 없는 일도 생기게 마련이라는 걸 알게 되었다. 그리고 다시 쭈그리고 앉아 땅을 후볐다.

1945년 4월, 소학교에 입학했다. 빨간 벽돌 건물의 멋진 학교였다. 우리 반 담임은 우오즈미 시즈카라는 젊은 선생이었다. 점심은 식당에서 먹었다. 넓은 식당 테이블에 새하얀 식탁보가 깔려 있었고 디저트로 아이스크림이 나올 때도 있었다. 알루미늄이었겠지만 타원형 접시가 은색으로 빛났다. 접시 안이 세 부분으로 나뉘어 있었던 건 기억이 나는데 어떤 음식이 들어 있었는지는 다 잊었다. 아이스크림만 기억에 남아 있다. 우오즈미 선생은 나를 싫어했다. 옆자리의 하나하타 군이 수업 중에 내 치마 안으로 손을 집어넣곤 했는데, 그때마다 나는 소리를 질렀고, 선생은 다가와서 "너는 왜 항상 시끄럽니?" 하고 야단쳤다. 하나하타 군 때문이라고 이르고 싶었지만 입이 떨어지지 않았다.

루스벨트가 죽은 날을 기억한다. 사택 뒤뜰의 울타리 쪽에서 6학년 갓짱이 "루스벨트가 죽었다, 이겼다, 이겼다" 하고 미친 듯이 춤을 췄다. 그의 광적인 행동이 곧 동생들에게 전염되었다. 대여섯 명이 모여 "루스벨트가 죽었다, 죽었다" 하고 빙 둘러서서 춤을 추었다. 주변에 떨어진 나뭇가지를 주워 울타리를 탁탁 때리고 다녔다. 나는 루스벨트 사진도 본 적 없고 대통령이라는 단어조차 몰랐다. 미국의 천황이라고만 생각했다. 미국 천황이 죽고 일본의 천황은 살아 있으니 이겼다고 생각한 건지도 모른다. 저녁이었는지 흐린 날이었는지, 덥지도 춥지도 않았던 그날의 정경은 지금도 투명한 회색으로 기억에 남아 있다.

나중에 안 사실이지만 루스벨트는 4월 12일에 사망했다.

8월 15일, 어른들이 모여 소곤소곤 이야기를 나눴다. 집에 아버지 친구인 야마구치 아저씨의 부인이 와 있었다. 야마구치 아저씨는 얼마 전에 소집영장을 받고 입대했다. 나이가 서른은 넘었을 것이다. 아줌마는 스물다섯 정도였을까? 아저씨가 출정한 날, 아줌마가 우리 집 다다미방에서 몸을 비틀며 이상한 소리로 울었다. 꼭 몸부림치는 것 같았다. 보면 안 되는데 계속 보게 되는 걸 이때 처음 보았다. 야마구치 아줌마는 피부가 하얗고 포동포동했다.

우리는 그날 12시에 학교 교정에 모였다. 굉장히 맑은 날이었다. 내 일생에 다롄의 1945년 8월 15일보다 푸른 하늘은 없었다. 그날보다 밝은 햇빛을 나는 보지 못했다. 선생들이 학생들 앞에 일렬로 섰다. 묘한 분위기였다. 군복에 검은 부츠를 신은 교장이 이야기를 하고 있었다. 무슨 말을 했는지는 기억에 없다. 확성기에서 지익지익지익 하는 소리가 들렸다. 철판 위로 모래를 굴리는 듯한 소리였다. 한 남학생이 "천황폐하 목소리다, 천황폐하다" 라고 작은 소리로 말했고, 그 소식이 마치 잔물결처럼 퍼져나갔다. 뚝뚝 끊어지는 이상한 목소리였다. 보통 사람의 목소리와 말투가 아니었다. "참기 어려운 것을 참고, 견디기 어려운 것을 견디고…." 이 목소리만 지익지익 속에서 포착되었다. 뱃속에서 웃음이 터져 나왔다. 주위를 보니 아이들 모두 웃음을 꾹 참는 표정이었다. 하지만 난생 처음 듣는 천황폐하의 목소리가 아닌가? 묘한 긴장감도 느꼈다.

그 후의 일은 기억이 나지 않는다. 교장이 또 무슨 말을 했을 것이다. 이웃에 사는 아이들끼리 줄지어 귀가했다. 집에 들어가니 엄마와 야마구치 아줌마가 손수건으로 눈물을 닦고 있었다. 아줌마도 이번엔 얌전히 앉아 조용히 울었다. 불길한 예감이 들었다. 내가 "졌어?" 하고 물으니 엄마가 "끝났어"라고 했다. "이겼어?"라고 물으니 엄마가 또 "끝났어"라고 했다. 뒤뜰에 아이들이 모여 왁자지껄 떠들고 있었다. 나는 대장 격인 갓짱 쪽으로 갔다. 갓짱은 "진 게 아니라 끝난 거야"라고 엄마와 똑같은 말을 했다. 갓짱이 또 "진 게 아니니까 이긴 거다"라고 했다. 누군가가 "끝났으니 이긴 거야" 하고 말했다. "이겼다, 이겼다" 하고 외쳤지만 그곳에 있는 아이들 모두 불안감을 감추지 못했다. "와아, 이겼다, 이겼다." 루스벨트가 죽었을 때처럼 모두 춤을 추기 시작했다. 하지만 분위기는 사뭇 달랐다. 중요한 뭔가가 빠진 듯한 느낌이었다. 흥도 나지 않았다. 우리는 "이겼다, 이겼다" 하고 춤을 추면서도 졌다는 사실을 알았던 것 같다.

큰길로 졸졸 나가 길가에 나란히 주저앉았다. 거리는 조용했고 아무도 지나가지 않았다. 그렇게 고요한 거리는 이전에도 이후에도 없었다. 나보다 나이가 좀 많아 보이는 여자 아이가 눈앞의 아카시아 나무에 달려들어 잎을 잡아 뜯었다. 가느다란 줄기에 타원형의 잎이 열 장 정도 붙어 있었다. 우리는 늘 그걸로 '이로하니호헤토' 놀이를 했다. 우선 내 잎을 정하고 그 잎 끝을 조금 잘라낸다. 뿌리 쪽 잎부터 "이로하니호헤토" 하고 헤아리다가 '토'에 걸린 잎을 떼어내 버린다. 그 과정을 반복한다. 자기 잎이 '토'에 걸리면 지는 것이고 운 좋게 살아남으면 이기는 것이다. 그때 대여섯 명의 아이가 있었다. 갓짱도 이로하니호헤토를 하고 있었다. 모두 어찌할 바를 몰라 이로하니호헤토만 했던 것 같다. 하늘은 푸르고 아스팔트가 깔린 길이 밝게 빛났다.

그 길을 아홉 살이나 열 살쯤 되어 보이는 중국인 남자 아이 하나가 석탄 꾸러미를 짊어진 채 맨발로 걸어왔다. 얼굴도 손발도 새까맸다. 상반신은 어쩌면 알몸이었는지도 모른다. 자주 보는 정경이었다. 그런 아이들이 많았다. 그런 중국인 어른도 많았다. 밝은 거리를 그 아이 혼자 걸어오고 있었다. 가까이 다가왔을 때 그 아이가 갑자기 우리 쪽으로 얼굴을 돌리더니 이를 드러내고 히쭉 웃었다. 우리 앞을 지난 후에도 고개를 비틀어 우리 쪽을 보면서 웃었다. 얼굴도 몸도 까만 탓에 입술 사이로 드러난 이가 유난히 하얗게 느껴졌다. 천황폐하의 지직거리는 방송보다 더 충격이었다. 그 아이에게 몽둥이로 두들겨 맞은 것 같은 기분이었다. 그때 갓짱이 중얼거리듯 말했다. "이겼다고 우쭐대긴." "잘난 척하고 있어." "짱깨 주제에." 이 말만 반복했다. 나도 따라했다. 그때 결정적으로 알게 되었다. 졌다는 사실을. 아무도 몰랐다. 우리가 앞으로 어떻게 될지.

2학기가 되어 처음 학교에 갔다. 우르르 들어가 막 앉으려는데, 선생이 짐 싸서 복도로 나가라고 했다. 짐을 챙겨 계단을 내려가는 우리 옆으로 중국 아이들이 줄지어 올라왔다. 8월 15일에 만났던 맨발의 그 아이처럼 모두 이를 드러내고 웃고 있었다. 우리는 잠자코 계단을 내려갔고, 그날이 학교에 간 마지막 날이 되었다. 선생은 아무 말도 하지 않았다. 우리도 입을 꾹 다문 채 집으로 돌아왔다. 새로 사서 육각형으로 접어놓은 운동회 머리띠를 책상 서랍에 두고 왔다는 걸 뒤늦게 알았다.

그것만 좀 아쉬웠다.

🖋 주전자

소학교 5학년 때 야마나시에서 시즈오카 시로 이사를 했다. 시골구석에서 도시로 나온 것이다. 거주하게 될 곳은 도쿠가와 이에야스가 머물렀다는 슨푸 성 안이었다. 아버지가 호들갑을 떨었다. 슨푸 성이야, 슨푸 성. 여름방학이라 더웠다.

멋진 돌담이 보였을 때, 그 아래 수로를 흐르는 초록빛 물을 봤을 때, 활 모양으로 굽은 돌다리를 건널 때, 내 마음은 기대감으로 들떴다. 하지만 다리를 건너 성 안으로 들어갔을 때는 순간 어리둥절했다.

그저 풀만 무성하게 자란 들판이었다. L자형의 낡아빠진 건물이 성의 제방에 들러붙어 있을 뿐이었다. 하나는 고등학교, 하나는 중학교라고 했다. 2층 건물인데도 작아 보였을 만큼 휑뎅그렁하고 넓기만 한 들판이었다. 집은 어디야, 집은? 아버지가 그랬는데. 등꽃이 만발한 꽃대궐이라고.

저 멀리 다른 쪽 제방에 좁고 기다란 형태의 지저분한 건물이 보였다.

아버지가 말했다. "저기다. 꽃대궐 보이지?" 나는 발을 멈췄다. 쨍쨍 내리쬐는 햇볕 아래를 걸었기에 온몸이 땀으로 흠뻑 젖었다.

맥이 탁 풀렸다. 그때 나는 초록색 체크무늬 원피스를 입고 있었다. 재봉틀 없는 엄마가 재봉틀 흉내를 내어 한 땀 한 땀 박음질해서 만들어준 딱 한 벌뿐인 원피스가 피부에 달라붙었다.

그제야 생각이 미쳤다. 큼지막한 양은 주전자를 계속 들고 있었다는 사실에. 기차를 갈아타고 낯선 거리를 두리번거릴 때도 엄청나게 큰 주전자만 손에 들고 있었다. 그때 처음 내가 주전자를 들고 있는 게 이상하다고 느꼈다.

가까이 가보니 여덟 집이 연결된 연립주택이었다.

덜컹거리는 얄팍한 문에 노란 기름종이가 붙어 있었다. 변소는 밖에 있었다. 방 두 개짜리 집에서 지금 생각해보면 여섯 명이 어떻게 잤을까?

집 안에 들어가니 창 옆으로 남자 아이가 소리를 지르며 지나갔다. 이웃에 사는 아이가 구경하러 온 것이다. 빡빡머리에 거무스름한 이마가 반들반들 빛났다.

충격은 그날뿐이었다.

이듬해 봄에 정말로 꽃대궐이 되었다. 연립주택 옆에 한 번도 본 적이 없는 거대한 등나무 시렁이 있었다. 보라색 꽃의 물결과 향기로 숨이 막힐 정도였다.

굵은 나무 줄기가 꾸불꾸불 얽혀 있었다. 어쩌면 도쿠가와 이에야스가 심었는지도 모른다. 나는 일 년 내내 빡빡머리 아이랑 등나무 시렁에 올랐고, 또 매일같이 싸웠다. 들판은 훌륭한 놀이터였다.

아버지도 처음에는 놀라지 않았을까? 등나무 시렁이 바다에 잠긴 듯 등꽃 물결이 한창이었다.

그 너저분한 연립주택이 싫었던 적은 한 번도 없었다. 두 평 남짓한 좁은 방에 아버지를 찾아온 손님이 예닐곱 명이나 모여 술판을 벌이기도 했다. 아버지는 미성년자인 제자들에게도 술을 권하며 세상을 논하곤 했다. 소학교는 수로 건너편의 다리 하나만 건너면 되는 곳에 있었다. 나는 학교에서 집이 제일 가까운 학생이었다.

성 한가운데에 도쿠가와 이에야스가 손수 심었다는 커다란 귤나무가 외따로 서 있었다.

벌써 수십 년이 흘렀지만 시즈오카 시절을 생각하면 큼직한 양은 주전자를 들고 들판 한가운데에 멍하니 선 열한 살의 내가 보인다.

주전자가 이삿짐에 넣기 힘든 형태여서 그랬을까? 여섯 가족의 물통으로 쓰려고 물을 넣고 다닌 걸까? 아니면 짐을 싼 후에 부모님이 차 한 잔씩 마시려고? 그런데 왜 내가 들고 있었을까?

🖋 늘 읽었다

나쓰메 소세키는 독서대 앞에 무릎을 꿇고 단정하게 앉아 읽었던 것 같다.

책은 귀한 것이었다. 잔소리 심한 아버지가 책에 관해서는 특히 까다로워 "책 밟지 마"라고 자주 주의를 줬다. 가난했던 아버지는 서재 딸린 집에서 살아보지도 못하고 죽었다. 식탁에 앉아 깍지 낀 손 앞에 책을 두고 읽다가, 몸을 ㄱ자로 굽히고 옆으로 누워 왼손으로 얼굴을 받치고 책장을 넘겼다.

나는 아마 태어날 때부터 활자를 좋아했을 것이다. 신문지를 재활용하여 화장실 휴지를 만들던 시절, 양다리로 버티고 앉아 지워지지 않고 남은 활자를 열심히 찾곤 했다. 소학교에 들어가기 전부터 그랬다.

전쟁이 일어난 후엔 주위에 책이라곤 아무것도 없었다. 유일하게 집에 있었던 책이 《마오쩌둥》이라는 새빨간 책이었다. 어려운 글자는 모두 뛰어넘고 쉬운 부분만 읽어도 뭐가 뭔지 도통 알수 없었다. 말도 잘 못하는 아이가 어른들 틈에 끼어 대화중에 "그렇지요?"라든가 "그랬나요?" 밖에 못 알아들으면서도 귀를 쫑긋 세우고 듣는 것과 마찬가지였다. 이해해서 재미있는가 하면 꼭 그렇지도 않았다. 모모타로처럼 뻔한 이야기는 시시했다. 반전 없는 이야기는 재미가 없다.

시골에 살 때, 학교에서 집에 가려면 산길을 홀로 50분 정도 걸어야 했다. 4학년 때였던 것 같은데, 매일 도서관에서 빌린 위인전 같은 책을 읽으며 하교했다. 어느 날, 엄마가 시계방 아저씨한테 요시야 노부코의 《엄마의 곡》이라는 두꺼운 책을 빌렸다. 나는 그 책을 돌려주지 않고 며칠이나 갖고 다니며 읽었다. 분량이 꽤 많았다. 아무리 생각해도 무슨 뜻인지 모르는 단어가 있었다. 접문(接吻, 입맞춤)이라는 단어다. 엄마한테 "접문이 뭐야?"라고 묻자 엄마의 안색이 싹 변했다. 엄마가 목소리를 죽이고 "어디서 들었니?" 하고 묻는 바람에 《엄마의 곡》을 아직 돌려주지 않은 사실을 들키고 말았다. 된통 야단맞았다. 돌려주지 않은 것보다 내가 어른 책을 읽은 게 못마땅했을 것이다. 독서는 전부 산길에서 이루어졌다. 나의 심한 근시는 그 시절의 독서 때문이다.

중학생이 된 후로는 전철을 타고 통학했다. 책은 모두 전철 안에서 읽었다. 소세키를 읽었다. 아마 이해 못했을 거다. 서서 읽거나 앉아서 읽었다.

세계는 성장했고 나도 성장했다. 출퇴근길에도 책을 읽었다. 월급을 받아 내 돈으로 책을 살 수 있어 좋았다.

결혼하여 아이가 태어난 후로는 아이를 업고 요리하면서 읽었다. 변소에서도 물론 읽었다. 침대에 반드시 책을 들고 누웠고 잠들 때까지 읽었다. 늘 잠이 부족했다. 재미있어서 책을 놓을 수 없으니 난처했다. 아침까지 읽는 경우가 많았다. 그러는 동안 깨달았다. 어려운 책을 읽으면 잠이 온다는 것을.

나는 장르를 따지지 않았다. 뭘 읽든 곧 빠져들었다. 야마다 후타로를 읽기 시작하면 야마다 후타로만 읽었다. 시바 료타로를 읽을 때는 힘들었다. 내가 읽는 것보다 더 빠른 속도로 쓰는 것 같았다. 주체를 못하고 자꾸자꾸 샀다가 읽지 못해 처박아둔 책도 많다. 언제까지 살지는 모르지만 노년 이후에도 즐거움이 기다리고 있다.

《겐지 모노가타리》*를 읽었다. 해설을 보며 읽기보다 현대어판을 참고하는 편이 나을 것 같아 엔치 후미코의 《겐지 모노가타

---

* 11세기 초 '무라사키 시키부'라는 여성에 의해 창작된 장편소설로, 당시의 귀족사회를 배경으로 주인공인 히카루 겐지의 숙명적인 사랑과 연애, 그 이후 세대의 인생역정을 그린 대하소설이다. 동서양을 통틀어 가장 오래된 걸작 장편소설로 평가되는 이 작품에 대해 일본인들은 대단한 자부심을 가지고 있다.

리》를 샀다. 요사노 아키코의 《겐지 모노가타리》도 있다는 걸 뒤늦게 알았다. 읽었다. 그런데 다니자키 준이치로도 있다. 읽었다. 또 다나베 세이코도 있다. 읽었다. 하시모토 오사무도 읽었다. 전부 이불 속에서 읽었다. 프리랜서란 나를 위해 존재하는 직업인가 싶었다.

왜 이토록 책을 읽는 걸까?

나는 취미가 없다. 게으르고 몸 움직이는 걸 귀찮아하여 소학교 때부터 체육을 못했다. 배구를 할 때에도 나 혼자 멍하니 서 있었고, 공을 맞아도 멍하니 있었다. 공은 아팠다. 체육뿐만 아니라 음악도 못했다. 음치였다. 클래식 따위 소음일 뿐이었다.

이만큼 책을 읽었으니 나도 유식해야 하는데 아는 게 별로 없다. 사물에 대해 깊이 생각하는 철학자라도 되어야 했던 건 아닌지. 나는 철학할 틈도 없이 다음 책을 읽었다. 게다가 그 많은 책을 전부 누워서 읽었다. 사람들은 어떤 자세로 책을 읽을까? 사촌인 다미에 언니는 안락의자에 앉아 읽는다. 독서답다.

요즘은 책을 읽어도 다음 날이면 까맣게 잊는다. 제목도 생각나지 않는다. 옛날에 읽은 책도 다 잊었다. 멍청한 노인이 되어버렸다. 독서는 쓸데없었다. 독서만 좋아했던 내 인생도 헛된 인생이었다는 생각이 든다.

🖋 어머니에 대하여,
아버지에 대하여

재작년 여름, 향년 93세의 나이로 엄마가 죽었다.

죽기까지 10년 이상 치매였다.

엄마가 병에 걸리기 전엔 나와 엄마 사이가 좋지는 않았다. 나는 엄마를 사랑한 적이 없었다.

죽은 사람은 모두 좋은 사람이다.

치매란 생과 사를 잇는 다리 같은 것이 아닐까 생각하게 되었다. 엄마는 점점 다른 인격을 가진 사람이 되었다. 그걸 인격이라할 수 있다면 말이다. 엄마가 정신을 놓은 후 우리는 평생의 갈등과 화해했다.

네 살 때 엄마 손을 잡으려는 나를 매몰차게 뿌리쳤을 때, 나는 엄마에게서 생리적인 혐오감을 느끼고 말았다. 그중에서도 냄새가 가장 불쾌했다.

치매에 걸린 엄마 발을 만졌을 때, 만질 수 있었던 나 자신에게 놀랐다. 엄마를 혐오했던 수십 년의 세월을 자책할 때마다 더러운 강물이 뱃속에서 흐르는 듯했다. 날것을 만지는 것이 굉장한 행위라면 평소에 뭐든지 무의식적으로 만지는 손들도 대단한 일을 하고 있는 것이다.

《시즈코 상》*이라는 책을 쓴 후, 갑자기 피로가 몰려왔다. 완전히 지쳤다.

그리고 나는 행복해졌다.

검은 강물이 사라졌다. 엄마가 죽었기 때문인지, 나도 늙었기 때문인지, 내 인생을 나 좋을 대로 결산했기 때문인지는 모르겠다.

읽어보니 같은 내용이 몇 번이나 나왔다. 하지만 수정할 마음이 안 생겼다. 별안간 아버지 생각이 많이 났다.

만약 저세상이라는 곳이 있다면 사노 리이치와 시즈코 상은 몇 살의 몸으로 만났는지 물어보고 싶다. 이제 곧 저세상에 우리 가족이 모두 모이고, 이 세상에는 아무도 남지 않게 된다. 자질구레한 자손들은 아버지, 어머니에겐 모르는 사람들이다.

아버지가 태어난 곳은 앞쪽에도 뒤쪽에도 산이 있고 그 사이로 후지 강이 흐르는 마을이었다.

---

* 사노 요코가 일흔의 나이에 평생 불화를 겪은 자신과 엄마의 관계를 담담하게 돌아보며 써내려간 에세이

80세대 정도가 산에 매달려 살고 있는데, 사촌 언니는 다케다 신겐이라는 패잔 무사가 정착했던 곳이라고 가르쳐주었다.

"굉장하다"라고 내가 감탄하니, 언니가 "패잔 무사라고 해도 사무라이의 짚신을 들고 따라다니던 부하의 하인일 뿐이야. 대단한 것도 아니야"라고 했다. 나는 부하에게도 하인이 있었다는 말에 놀랐지만 진실은 알 수 없다.

아버지는 열한 명의 형제 중 일곱째라고 알고 있었고, 서류에도 그렇게 적혀 있었다. 일전에 딱 한 사람 살아 있는 작은아버지가 "네 아버지는 일곱째가 아니야, 아홉째였어"라는 말을 했다. 두세 명은 신생아 때 죽은 걸까?

우리는 귀환하여 한동안 그 시골에 살았다. 나는 아직 어렸기에 내일이라든지 미래에 대해서는 생각해본 적이 없었다.

소학교는 미노부 선을 타고 두 코스 가면 있었다. 단선 철도였는데, 선로 양편이 산이었고 좌우로 산나리가 흐드러지게 피어 있었다.

모기보다 반딧불이가 훨씬 많이 날아다니는 곳이었다.

논에서 잡초를 제거하다보면 거머리가 일고여덟 마리는 반드시 달라붙었다.

엄마는 시골이랑 시골사람을 무척 싫어했다.

그래서 아버지 집안사람들이라면 치를 떨었다. 한 사람 한 사

42

람을 인간적으로 알려는 노력은 하지 않고 모두 뭉뚱그려 촌사람 이라는 말로 묶어 정리했다.

나는 어른이 된 지금도 재미있는 마을로 기억 속에 간직하고 있다. 마을 사람 모두 후카자와 시치로*처럼 독특한 화법으로 마치 돌을 던지듯 툭툭 대화를 나눴다.

어느 날 마을의 꼬부랑 할머니가 온종일 돌담에 붙어 서 있었다. 나랑 동갑인 사촌 앗짱이 지나가면서 "할머니, 죽는 거 깜빡했어요?" 하고 장난을 건 적도 있다. 그때 앗짱은 여덟 살이었다.

전쟁 후 엄마는 한동안 시어머니에게 구박을 받았다고 눈물을 흘리며 친구에게 하소연했지만, 지금 생각하면 할머니도 엄마 눈치를 많이 봤던 것 같다.

할머니는 밭에서 하루 종일 흙을 만지며 일했고 한시도 쉬는 날이 없었다. 새참 시간이 되어 숙모가 툇마루에 차를 준비해놓고 기다리고 있으면 일부러 그러는 건지 거름통을 짊어지고 몇 번이나 왔다 갔다 했다. 심술도 보통이 아니었으리라.

툇마루에 앉은 엄마는 늘 꼼꼼하게 화장한 얼굴이었다. 그렇

---

* 일본의 소설가(1914~1987), 어디까지가 농담이고 진담인지 모르도록 무식으로 인한 실패담 같은 재미있는 에피소드를 에세이로 펴내어 자신의 소탈한 인격을 대중에게 널리 알린 인물이다.

게 지낸 기간이 고작 서너 달이었는데, 시어머니한테 구박 받았다고 수십 년이나 원망했다. 엄마는 아버지 고향에 가는 걸 정말로 싫어했다.

엄마는 아버지를 존경했지만, 아버지가 시골 사람이라는 점이 엄마에겐 큰 약점이었다.

엄마는 평범한 사람이었다. 그러나 아버지는 밑바닥에 광기를 품은, 말하자면 비범한 사람이었던 것 같다.

평범해야 했던 엄마의 일생이 일본의 운명과 함께 난장판이 되었어도 엄마는 참 잘 살아왔다.

일본 어디에나 있을 법한 평범한 여자의 일생이었다.

다급할 때 강력한 힘을 발휘하는 사람은 평범한 아줌마와 야쿠자다.(요즘 아줌마들이 이상해지고 있다. 야쿠자도 이젠 주식회사이니 그다지 확신할 수는 없다.)

아버지와 어머니는 좋은 부부였다. 그리고 부모의 역할을 다했다.

이렇게 말하면 뭇매를 맞겠지만, 모든 인간이 다 평등할 수는 없다고 생각한다.

아버지의 가난한 형제가 딸도 포함하여 열한 명인데 논과 밭을 열한 등분으로 나눴다면 어떻게 됐을까?

장남은 싫어도 가업을 이어야 하니 권리를 얻는 대신 각오도 필요했을 것이다. 또 장남은 책임도 짊어져야 한다.

다른 남자 형제들은 어릴 때부터 스스로 생계를 꾸릴 준비를 하는 것도 나쁘지만은 않다.

여자는 때가 되면 당연히 시집을 가야 했다. 시어머니나 시누이에게 들볶여도 꾹 참으면 나중에 며느리에게 앙갚음을 할 수 있을지도 몰랐다. 현명한 시어머니는 자기가 한 고생을 같은 여자에게 시키지 않겠다고 마음먹기도 했다. 하지만 아무리 현명하다 해도 엄마라는 사람은 뭐니 뭐니 해도 아들이 제일 귀여운 모양이다. 옛날이나 지금이나 바뀐 게 없다.

어떤 상황에서든 참는 게 당연했다.

인내는 중요한 덕목이었다.

참는 데 이력이 나면 조금 고생스럽다고 해서 주저앉진 않으니까.

아버지가 고등소학교*를 졸업하고 집에서 지붕을 고치고 있는데, 도쿄의 보험회사에 다니는 둘째 형이 고향에 내려와 집 앞에서 아버지한테 "너, 갈래?"라고 물었다고 한다. 아버지는 지붕에서 내려와 그길로 둘째 형을 따라 집을 나갔다. 세간살이 하나 가

---

* 메이지유신부터 제2차 세계대전이 시작되기 전에 존재했던 교육기관으로, 소학교를 졸업한 아동을 대상으로 다시 2년의 보통 교육을 실시한 학교

져가지 않았다고 한다.

그러고 같은 고향 출신 변호사의 집안일을 도우며 공부했다는데 사실인지는 잘 모르겠다. 대학에 다닐 때는 둘째 형 집에 얹혀살았고, 사촌인 다미에 언니에게 나중에 피아노를 사주겠다고 약속했다고 한다. 언니는 지금도 "리이치 삼촌이 피아노 안 사줬어"라고 말하고 다닌다. 아이를 속이면 안 되죠, 아버지.

고등학교 때는 기숙사에서 지냈다고 하는데, 학비는 누가 냈는지 모른다고 작은아버지가 말했다. 중학생 때인가 고등학생 때인가 폐병에 걸려 고향에 내려와 계속 잠만 잤더니 키가 11센티나 컸다는 말도 들었다.

작은아버지는 그때 우체국에 근무했는데, 일하면서 모은 목돈을 아버지 학비에 보탰다고 아버지가 죽고 나서도 오랜 세월이 흐른 후, 내가 어른이 되어서야 들었다.

작은아버지의 말에 의하면 열한 명의 형제자매는 선인과 악인으로 나뉜다고 한다.

장남은 악인이고, 장녀도 심술궂었으며, 아버지를 시골에서 데리고 간 둘째 형도 성격이 더러웠다고 한다. 아버지도 선인은 아니었다고 한다. 이웃집으로 시집 간 둘째 딸은 부처 같은 사람이었다. 앗짱의 엄마다. 앗짱의 엄마는 정말 상냥했다.

앗짱의 아버지는 공무원이었는데, 요즘 아이들이 등교 거부를 하는 것처럼 한 달이나 벽장에 틀어박혀 안 나온 적도 있다고 한다. 앗짱의 엄마를 논에 묻으려 한 적도 있다는 이야기를 들었을 때는 정말 깜짝 놀랐다.

"거짓말이지?" 믿을 수 없어서 물었다.

"정말이야." "숙모는 그래서 어떻게 했어?" "잠자코 목욕탕에 들어가 몸을 씻었지. 한마디도 안 하더라고. 나와서는 입을 꾹 다물고 무릎을 비볐는데, 그게 참는다는 표시였던 것 같아. 양손으로 늘 무릎을 비비곤 했어."

앗짱에겐 장님인 할머니와 서른다섯 살 이후로 아무 일도 하지 않는 할아버지가 있었다. 마을 사람들 모두 앗짱 엄마가 고생한다는 걸 알았다.

서른다섯 살에 집에 틀어박힌 할아버지는 중국의 학자처럼 흰 수염을 길렀고 마을에서 제일가는 지식인으로 통했다. 앗짱 집의 하얀 창고를 서재로 개조하여 어설프게 묶은 책을 쌓아놓고 늘 공부만 했다. 앗짱은 숙제를 전부 할아버지한테 시켰다.

앗짱은 자기 숙제를 시켜놓고 할아버지의 하얀 수염을 세 갈래로 땋아 빨간 털실로 리본을 만들어 묶고는 깔깔깔 웃었다.

앗짱의 집은 마을에서 가장 높은 지대에 있었는데 옆에 300년이나 된 거대한 소나무가 버티고 있었다. 그 때문에 앗짱의 집에

볕이 잘 들지 않는데도 할아버지는 절대 나무를 베려 하지 않았다. 앗짱의 아버지와 할아버지는 소나무 아래에서 베자, 안 된다, 하면서 매일 싸운다고 했다.

앗짱의 집은 조상 대대로 아버지와 아들 사이가 나빴다고 한다. 앗짱의 큰오빠와 아버지도 서로 앙숙이었다. 세대를 잇는 전통인 모양이었다. 다들 소나무 밑에서 맞붙어 싸웠다고 한다.

지금 생각하면 앗짱은 부처 같은 엄마처럼 착했다. 그에 비해 나는 성질이 더러웠다. 성질은 평생 변하지 않으므로, 누구든 자기 성질이 불러들인 인생을 살게 된다.

수십 년 후, 앗짱이 말했다.

"아아, 정말 난처해. 큰애가 하와이에 같이 가자네. 그런데 작은애가 홍콩에 가자는 날이랑 겹쳤어. 어쩌면 좋아?"

앗짱은 자식들을 야단친 적이 한 번도 없다. 어떻게 그럴 수 있을까? "야단맞을 짓을 안 하니까."

앗짱은 자기 돈으로 전자제품을 산 적이 없다고 한다. "나도 모르는 사이에 청소기가 새 걸로 바뀌어 있어. 다른 것도 다."

앗짱은 우유 가게에 시집가서 수십 년간 매일 새벽 4시에 일어나 일했다.

엄마가 고생한 걸 아이들이 보고 아는 것이다.

나는 몸을 움직여 하는 일이 진정한 노동이라는 것을 절감

했다.

내가 책상 앞에서 한 노동은 알기 어렵고, 자식은 은혜를 모른다.

은혜를 모르는 게 당연하다고 생각한다. 있으나 마나 한 직업이기 때문이다.

나도 불쌍하지만 양복 입고 회사 가는 아버지들도 불쌍하다. 자식은 부모가 하는 일을 보지 못한다.

내 엄마는 눈에 보이는 노동을 싫어했다.

농사일도 두부 가게도 싫어했다.

반 마지기의 땅도 없지만 산이 겹겹이 이어진 그 작은 마을이 아버지에겐 고향이었다.

엄마한텐 고향이 없다. 도쿄에서 태어나 자랐지만 이사를 자주 다녀 꽤 비참한 가정환경이었던 모양이다. 시골의 가난과는 또 다른 가난이었을 것이다.

엄마가 허세로 가득 찬 거짓말쟁이가 된 것도 어떻게 보면 당연하다. 지기 싫어하는 성격에 깡다구가 있어서 평생을 아등바등 살았다.

엄마는 서민 마을에서 벗어나 모던 걸*이 되었다. 모던 걸이

---

* 도시 문화가 형성될 무렵 양장을 차려입고 거리를 활보하던 신식 여성

되지 않으면 도무지 출신을 속일 수 없으리라 생각한 것이다.

모던 걸이 된 엄마는 긴자에서 일자리를 찾아 도쿄대 출신이 모이는 곳으로 파고들었다. 아버지는 그런 엄마와 결혼했다.

엄마의 엄마는 네 명의 자녀를 버리고 다른 남자에게 도망갔다. 그 네 자녀 중 둘이 저능아였다. 새 남자와 또 네 아이를 낳았고, 그중 둘에게 지적장애가 발견되었다. 엄마에게 육친은 벗어버리고 싶은 옷이었는지도 모른다.

누구에게서 태어날지 아무도 선택할 수 없다.

그것이 가장 큰 운명이다.

가지고 태어난 성질의 핵심적인 부분은 바뀌지 않는다. 그게 더 큰 숙명인지도 모른다.

엄마는 잘 살았다고 생각한다.

아버지의 고향은 자연 속에 있었다. 엄마는 고향이 없는 사람이었다.

엄마는 아버지의 고향인 시골의 자연에 아무런 감정을 느끼지 않았다. 일본의 시골은 어디든 엄마에겐 아름다운 장소가 아니었다. 엄마가 좋아할 만한 시골은 스위스의 산속, 알프스 소녀 하이디가 뛰어놀 것 같은 그림 속 풍경이다.

엄마에게 진실은 아무래도 좋은 것이었다.

진실보다 어떻게 보이는지가 더 중요했다. 어쩌면 엄마를 살아가게 만드는 힘의 원천인지도 몰랐다. 부부싸움은 매일 했어도 진심으로 이혼할 생각은 없었을 것이다. 평범한 아줌마가 네 아이를 키우는 건 불가능하다는 걸 진즉에 알았으니 아버지의 아내로 사는 길 외엔 생각도 하지 않았으리라.

하지만 아버지가 죽자 엄마는 유유히 일어나 혼자 힘으로 네 아이 모두 학교에 보냈다.

우리는 엄마에게서 빨리 벗어나고 싶어 필사적으로 공부했는지도 모른다. 여동생이 말했다. "엄마랑 같이 살 수 있는 사람은 없을 거야."

하지만 남녀 사이는 모른다.

아버지와 엄마는 좋은 부부였다. 여자끼리가 아니라서 그런가?

아버지와 엄마를 보고 자라며 나는 더 좋은 아내, 더 좋은 엄마가 되겠다고 다짐했다. 두 사람을 살아 있는 표본으로 생각했다.

그런데도 나는 두 번이나 이혼했다.

엄마는 사별을 했고 나는 생이별을 했다. 생이별보다 사별 쪽이 체면은 선다.

아버지는 고향이 있고 엄마는 고향이 없다.

나도 고향이 없지만, 유년시절을 보낸 곳이 고향처럼 느껴진다.

중국의 베이징, 그것도 쓰허위안*의 마당이 내 고향인 것만
같다.

아버지 시골에 가면 이제 아는 사람은 아무도 없지만 바로 눈
앞에 우뚝 선 산과 후지 강이 아버지의 고향을 이어받으라고, 내
귓전에 속삭이는 것 같기도 하다.

---

* 마당을 중심으로 사방이 집으로 둘러싸여 있는 베이징의 전통 주택 양식

🖋 책을 가까이 하지 말라

옛날에 내가 중학생이었을 때는 잡지 〈라이프〉를 보려면 미국에 직접 구독 신청을 해야 했다. 물론 전부 영어로 된 잡지다.

아침에 만원전철을 타면, 나는 보통사람과 다르다는 걸 온몸으로 주장하는 고등학생 오빠를 만날 수 있었다. 아무튼 옛날 고등학생들은 어른인 척하는 걸 좋아했다. 그 오빠는 〈라이프〉를 늘 겨드랑이에 끼고 다녔다. 그것만으로 모두 '오!' 하고 주목하게 된다. 그 오빠는 반으로 접힌 〈라이프〉를 감싼 갈색 띠지를 만원전철 안에서 쫙쫙 찢곤 했다. 오, 미국에서 온 〈라이프〉다, 멋지다, 라고 사람들이 생각한다. 전철 안에서 쫙쫙 찢으려고 아마 어제 도착한 새 〈라이프〉를 고이 모셔두고 참았을 게 분명하다. 그 오빠의 우쭐한 표정은 지금도 생각이 난다.

어쩌면 허세가 그 오빠의 영어 능력을 향상시켰는지도 모른다. 〈라이프〉 다음엔 프랑스어 원서, 그 다음엔 독일 철학서로 진

화했을까? 중학생이었던 나는 대단하다고 생각하면서도 좀 아니 꼬웠다.

그런 나도 사실은 허세를 부렸다. 앙드레 지드, 모파상, 톨스토이. 서양 작품이 소세키나 후지무라보다 급이 높았다.

나는 남자와 여자가 할 것 같은 행위를 하는 부분에서만 눈을 크게 뜨고 읽었다.

그런 책이 아니면 야한 정보를 얻을 수 없었으니까.

《비계 덩어리》에 눈을 딱 붙이고 보는데 아버지가 책을 낚아채며 "이런 책은 읽지 마!"라고 호통을 쳤다. 모파상이 야하다는 걸 알았을까? 다음 날 아버지가 도서관에서 세계문학전집의 제1권, 루소의《고백록》을 빌려왔다.

나는 읽자마자 기겁을 했다. 루소가 마차 안에서 묘령의 여인을 유혹한다. 아버지는《고백록》을 읽지 않은 것이다.

중학생이었던 내 머릿속은 야한 것으로 가득 채워졌고, 허세를 부리기 위해 책을 읽는 동안 완전히 독서에 빠져버렸다.

햇볕이 쨍쨍 내리쬐는 길에서 책을 읽으며 걷다보니 눈이 점점 나빠졌다. 활자라면 뭐든지 좋았다.

이건 허세가 아니라 주위를 전혀 신경 쓰지 않는 그저 추한 소녀일 뿐이었다. 두꺼운 안경을 쓰고 머리는 산발에 세일러복 넥타이는 잊어먹고 책을 읽다가 전봇대에 부딪힌다. 당연히 인기가 없다.

고등학생 때도 학교 복도를 걸으며 책을 읽었다. 실내화를 꺾어 신고, 얼굴은 여드름투성이. 당연히 인기가 없다. 인기가 없으니 더더욱 책만 읽는다.

지금 생각하면 그때 읽은 책은 다 쓸모없었다. 열세 살 소녀한테《안나 카레니나》가 이해될 리 만무했다.

열세 살의 건방진 친구가 "나쓰메 소세키는《산시로》《그 후》《문》의 순서로 읽는 거야" 하고 지껄이기에 시키는 대로 했는데, 소세키를 읽고 감동하려면 그에 걸맞은 인생이 필요했다.

시간만 허비했다. 그럴 바엔 차라리 남자랑 노는 편이 훨씬 나았다.

멋을 잔뜩 부리고 거리를 싸돌아다니는 청춘이 훨씬 즐겁지 않았을까?

하지만 불행한 시대여서 즐길 만한 오락도 없었고 멋을 부리려 해도 그럴 여지가 없었다. 요즘 젊은이들이 책을 안 읽는다고 어른들은 걱정하지만 활자보다 재미있는 것이 얼마든지 있는 세상이니까.

책은 인류의 지혜로 가득하지만 그와 함께 독도 포함되어 있다. 책에서 벗어날 수 없는 인간은 그 독에 영혼을 빨리고 있는 것이다.

책을 가까이 하지 말도록. 가까이 하다보면 입맛을 다시며 꿀꺽하고 싶은 것이 잔뜩 보이니까. 가까이 하지 말라니까. 읽고 싶겠지만.

🌿 풀만 무성한 곳

46년이나 지난 일이다. 나는 가난뱅이가 많이 다니는 미술대학 학생이었다. 얼마나 가난한가 하면 "어이, 오버코트가 그렇게 따뜻하다며?" 하고 궁금해 하는 남학생이 있을 정도였다. 벨트가 없어 노끈으로 바지를 묶고 다니는 친구도 있었다.

어느 가을날, 여행을 가기로 했다. 행선지는 가루이자와. 몹시 설레었다. 낙엽송 숲, 세련된 별장, 외국인이 우글거리는 곳. 부잣집 아가씨가 자전거를 타고 달리는 모습도 볼 수 있을까? 호리 다쓰오*의 세계. 문학소녀인 준코가 다치하라 미치조의 시를 읊조렸다. 그 옆의 남학생은 주먹밥을 보자기에 싸서 허리에 단단히 차고 있다. 가루이자와는 모두 처음인 듯했다.

---

* 일본의 소설가. 폐결핵으로 가루이자와에서 요양 생활을 한 까닭에 그곳을 무대로 한 작품을 여럿 남겼다.

가루이자와에 기차가 도착했다. 분명히 가루이자와였다. 그런데 역 앞으로 나오니 풀만 무성하게 자라 있었다. 세련된 별장도 낙엽송 숲도 보이지 않았다. 우리는 망연자실했다. 한 남학생이 이쪽이야, 하고 가리켰다. 그쪽으로 졸졸 걸어갔다. 풀숲은 더욱 깊어지기만 했다. 길 같은 것도 없어졌다. 남학생이 "돌아가자" 하고 또 명령을 내렸다. 그러고도 우리는 몇 시간이나 우리 키보다 큰 풀 속을 하염없이 헤맸다. 어디서 도시락을 먹었는지는 기억에 없다. 지금 생각하면 아무도 불평하지 않았다는 점이 신기하다.

"그냥 가자" 하고 누군가가 말했다. "가자, 가자" 하고 모두 복창했다.

"가루이자와는 시시한 곳이네." 작게 중얼거리는 소리가 들렸다.

우리는 다시 기차를 타고 돌아왔다.

누가 좀 가르쳐주면 좋겠다. 46년 전의 가루이자와 역 앞이 어떤 모습이었는지. 맘페이 호텔까지 어떤 교통수단이 있었는지. 미카사 거리에는 어떻게 가면 되었는지.

왜 우리가 가는 곳마다 풀만 무성했을까? 혹시 46년 전 가루이자와 역에 여우가 살았던 걸까?

그 후로 40년이 지나 기타카루이자와에 살게 되었다. 가루이자와는 나가노 현이고 기타카루이자와는 군마 현이다. 집 근처에

옥수수 밭과 양배추 밭이 있고 마을에 소가 많아 늘 소 냄새가 났다. 가루이자와 역에서 차를 타고 40분은 올라와야 했다.

기타카루이자와와 가루이자와를 같은 곳으로 생각하는 사람이 있다. 멋에 민감한 친구를 초대했더니 가루이자와인 줄 알았는지 옷이 잔뜩 든 짐을 들고 차에 올랐다. 친구는 집에 도착하자마자 "으음" 하고 신음했다.

나는 곧 농사꾼 아라이 씨 집에 채소를 얻으러 갔다. 비료 냄새가 났다. 친구가 눈살을 찌푸리며 손수건으로 코를 막았다.

내가 46년 전에 그랬던 것처럼 그녀도 낙엽송 숲 속의 세련된 별장, 자전거를 탄 금발의 소녀, 교회, 황태자와 미치코 황태자비의 테니스코트를 기대했으리라. 나중에 그녀가 말했다. "언니가 비웃지 뭐야. 가루이자와랑 기타카루이자와는 전혀 다르다고."

검정 조끼

서랍 안을 뒤지는데 검정색 울 조끼가 나왔다. 아, 이거, 하고 생각에 잠긴다. 올해는 따뜻해서 셔츠 위에 조끼만 입어도 될 것 같아 양손으로 들어 펼쳐보았다.

50년 전의 옷이다. 내가 입는 옷 중에서 가장 오래됐다. 아아, 아아, 하고 매년 생각한다. 해진 데가 한 군데도 없다.

매년 입는다. 50년 동안 매년 입고 있다.

그때 열여덟이었다. 그 아이는 열아홉이었다. 같은 과 동기였다. 괴짜로 유명했지만 알고 보면 존경할 만한 친구였다.

어디까지 신뢰하면 될지 가늠하기 힘든 인물이었다. 그 친구의 이름만 나오면 다들 독특한 표정으로 웃었다. "…답네." "…라면 당연히 그랬겠지." "…도 참. 이제 그만 좀 하지." 이런 의미가 모두 담긴 웃음이었다.

미술대학 디자인과에서 그 친구만큼 디자이너라는 직업에 집

착하는 이는 없었다. 한 우물만 열정적으로 우직하게 파는 녀석이었다. 강평회 때 과제가 하나하나 전시되면 모두 그 친구의 작품부터 찾았다. 보면 바로 알 수 있었다. 독특한 치밀함이 있었다.

어느 날 그 녀석이 책상 위에 올라가더니 바지를 벗었는데, 안에 여자용 검정색 타이츠를 신고 있었다. 그 모양새로 허리를 비비 꼬며 춤을 추었다. 재미있지도 웃기지도 않았다. 바보.

전철을 타고 가면서 같은 과 동기 한 사람 한 사람이 어떤 식으로 죽을지 자세하게 묘사한 적도 있다. 기분은 나빴지만, 사람을 깊이 파악하는 능력에 대해서는 감탄했다. 정색을 하고 화내는 친구도 있었다. 그러면 즉시 머리를 조아리고 "아무쪼록 용서해 주시기 바랍니다." 바보.

50년 전이다. 찢어지게 가난했던 시절이다. 나는 일 년 내내 똑같은 치마를 입고 다녔다. 그는 물감으로 직접 그림을 그려넣은 셔츠에 반바지에 밀짚모자에 게타를 신고 다녔다. 아무리 50년 전이라도 게타를 신고 다니는 건 그 아이밖에 없었다. 그는 싱글맘 가정의 외동아들이었고 나도 엄마밖에 없었다. 둘 다 중국에서 귀환했다. 귀환자도 참 많았다. 3월 10일 공습으로 가족을 모두 잃은 남학생도 있었다. 벨트 대신 새끼줄을 차고 다니는 녀석도 있었다. 모두가 가난하다는 건 좋은 거다. 학창시절에 가난이 고통이었던 적은 단 한 번도 없었다.

그 괴짜가 나한테 딱 붙었다. 집에 가고 있으면 어느새 내 옆에서 걷고 있었다. 아무도 그와 나를 특별한 사이로 오해하진 않았다. 내가 지로쵸*라는 별명으로 불렸던 만큼, 남학생들은 나를 여자로 봐주지 않았다. 모두 편한 친구로만 생각하니 로맨틱한 사건이 일어날 리 만무했다.

그가 달라붙을 때마다 처음엔 "야, 저리 가!" 하고 밀쳤던 것 같다. 그리고 나는 디자이너와 맞지 않았다. 아무리 노력해도 직각을 그릴 수 없었다. 레터링이 제일 힘들었다.

매년 여름에 니쓰센비라는 공모전이 열렸는데, 그는 특선에 두 번 입상했다. 문학으로 치면 아쿠타가와상이랄까? 어느 여름날 그가 같이 공모전에 출품하자고 하여 내 두 평짜리 하숙방에서 작품을 만들었다. 내가 수채물감으로 추상적인 무늬를 마음대로 그리면 그가 꽃 형상의 글자로 예쁘게 완성했다. 그는 그것 말고도 자기 작품을 자기 집에서 따로 만들었다. 그런데도 새벽 5시 반만 되면 두 평짜리 내 방 창문을 열고 창틀에 얼굴을 올리고 휘파람을 불었다. 그렇게 4년이 흘렀다. 항상 붙어 다녔다. 디자이너와 궁합이 맞지 않은 나를 그가 4년간 끌어주었다. "내가 왜 이렇

---

* 에도막부 말기~메이지의 협객인 '시미즈노 지로쵸'에서 따온 별명으로, 지로쵸라면 야쿠자계의 전설로 통한다. 친척 할아버지가 이 별명을 붙여주었을 때, 당시 18세였던 사노 요코는 크게 상처받았다고 한다.

게 열심히 노력하는 줄 알아? 재능이 없기 때문이야"라는 말을 그의 입으로 들었을 때는 놀랐지만, 어떻게 자기한테 재능이 없는 걸 아는지가 더 신기했다. 나는 내 재능에 대해 생각한 적조차 없었다.

그에겐 죠시미술대학에 다니는 애인이 있었다. 모르는 사람이 없는 공인된 커플이었다. 그러니 우리 둘은 묘한 조합이 아닐 수 없었다. 그는 나의 하찮은 스케치에도 정성껏 조언을 해주었고, 나는 고분고분 따랐다. 작품에 대한 그의 성의와 진실을 의심한 적은 없었다.

나는 누구와도 금세 친구가 되는 사람이었다. 남학생들은 나를 어른으로서 자기 앞가림을 할 수 있는 사람이라고 생각하지 않았던 것 같다. 그림물감이 늘 선 밖으로 튀어나오는 신뢰가 가지 않는 인간이었다. 아마 여자로 보는 이도 없었다고 생각한다. 그래도 나는 매일매일이 즐거웠다. 지금 생각해도 멋진 학창시절이었다.

어느 날 그 친구가 "좋은 것 줄게. 엄마 옷 훔쳐왔어"라며 갈색과 검정 배색의 체크무늬 원피스와 검정색 조끼를 내밀었다.

"싫어, 어머니한테 야단맞아." "괜찮아, 없어졌는지도 모를 거야."

그의 집에 놀러갔을 때 어머니를 딱 한번 만난 적이 있다. 꽁

장한 미인에 스타일도 좋은 지적인 분이었다. 조끼도 원피스도 나한테 딱 맞았다. 당장 학교에 입고 갔다.

졸업 후 그는 일본 디자인센터라는 초일류 회사에 입사했다.

거기서도 괴짜로 통했던 모양이다. 하라 히로무라는 유명 디자이너가 사장이었는데, 어느 날 아침 사장이 출근하자 그가 사장실 바깥 창문에서 얼굴을 들이밀고 "안녕하세요" 하고 인사했다고 한다. 사장실은 6층이었다. 창문에 매달려 기다린 것이었다. 그와는 졸업한 후로 연락이 딱 끊겼다. 내가 결혼하기 직전에 딱 한 번 만났을 때, 그는 끼고 있던 론진 시계를 풀어주었다. 46년 전이다. 지금은 그가 어쩌고 있는지 모른다. 우리 과는 동창회를 하지 않는다.

그에게 나는 어떤 사람이었을까? 적어도 나는 그에게 연정을 품은 적이 없었다. 하지만 학창시절에 그만큼 친한 친구도 없었다고 생각한다. 그리고 나는 50년 동안 해마다 검정 조끼를 입어왔다. 서랍에서 조끼가 나올 때마다 무의식적으로 움켜쥐었다가 놓았다가 한다. 아아, 아아, 하면서.

내 안에 그는 밀짚모자에 반바지에 게타를 신은 채로 남아 있다.

🦰 쿠페빵과 〈매콜즈〉

열아홉 살 때 여자기숙사에서 지냈다. 다다미 한 장이 깔린 붙박이 침대와 책상 하나가 들어가면 겨우 한 사람 지나갈 수 있을 정도의 길쭉하고 작은 방이었다. 하얀 벽에 햇볕도 잘 들지 않았다. 반지하인 마리쨩의 방은 창문이 천장 쪽에 붙어 있어 오가는 사람의 발만 보였다.

통금 시간이 9시여서, 밤늦게 그 납작한 창문으로 발과 엉덩이를 집어넣고 내려오려는 사람을 위해 마리쨩은 어깨를 빌려줘야 했다. 글래머인 친구는 아무리 해도 엉덩이가 들어가지 않아, 맞은편 파출소 순경이 엉덩이를 밀어주러 오기도 했다. 메밀국수 장수가 지나가면 목말을 타고 국수를 받아 허겁지겁 먹기도 했는데, 그러는 동안 창문 옆에서 휘파람을 부는 국수 장수 아저씨의 발이 보였다,

국수를 먹은 건 돈이 많을 때뿐이고, 한밤중에 배가 고프면 마

리짱과 함께 소리 없이 식당으로 숨어들어가 새빨간 풀 같은 잼을 끈적하게 바른 쿠페빵을 훔쳐 내 침대에 돌아와 마치 장발장이 된 기분으로 먹었다. 침대에 누우면 바로 보이는 곳에 미국의 〈매콜즈(McCall's)〉라는 잡지에서 찢은 요리 사진을 덕지덕지 붙여놓았다. 내 방에 그 외의 장식물은 꽃 한 송이조차 없었다.

기름이 뚝뚝 떨어지는 로스트비프 덩어리를 은색 나이프로 자른 순간 드러난 핑크빛 단면을 찍은 사진이라든가, 통조림에서 황도를 들어 올리는 사진이라든가, 샌드위치가 마치 꽃밭처럼 아름답게 놓인 사진을 보며 우리는 훔친 쿠페빵을 먹었다. 나는 먹지 않을 때도 그 맛있는 사진을 멍하니 바라보곤 했다.

난방이 되지 않는 방이라 전기스탠드를 이불 속에 넣곤 했는데, 이불 속을 들여다보면 눈이 멀 정도로 밝았다. 마리짱은 다리미를 넣는 바람에 이불이 타서 다리미 모양으로 구멍이 났다. 나는 침대에 드러누워 헌책방에서 사온 〈매콜즈〉를 보았다. 침실 인테리어 특집에 오른 핑크색 꽃무늬 시트와 커다란 베개에 놀랐고, 보라색 벽지를 바른 방의 보라색 침대커버와 그 위에 아무렇게나 놓인 그린색 쿠션에 한숨이 나왔다.

결코 손에 닿지 않는, 닿을 리 없는 세계였다.

시간은 꿈처럼 흘러 우리는 〈매콜즈〉보다 더욱 아름다운 일본 잡지를 만날 수 있게 되었다.

이젠 꿈이 아니라 조금 노력하면 아침 해를 받아 빛나는 하얀 원목 테이블에 새하얀 린넨 테이블매트를 깔고 안개꽃을 장식해 놓고 카페오레와 크루아상을 즐길 수 있는 세상이 되었다. 아름다운 인테리어로 장식하고 정결한 그릇을 고르는 건 많은 여자의 취미이다. 나는 그런 잡지를 즐겨 읽으면서도 지나치게 아름다운 사진에는 당혹감을 느끼곤 했다. 왠지 몸 둘 바를 모르겠고 부끄러워진다. 하얀 원목 테이블에 자수가 놓인 테이블보라든지, 시트와 베개를 핑크 꽃무늬로 통일하는 짓은 못하겠다. 그래도 밖으로 나가면 거리에 가득한 아름다움을 거역할 수 없게 되고, 아름다운 물건들을 손에 넣으면 마음속으로 노래를 부른다. "당~신의 과거는 알고 싶지 않~아." 그러면 숫처녀인 척 남자를 속인 기분이 든다.

집에 들고 와서는 다른 사람 눈에 띄지 않게끔 되도록 태연하게, 결코 잡지 사진처럼 보이지 않도록 유의하며 장식한다. 〈매콜즈〉는 아득히 먼 꿈이었고, 꿈이면 부끄럽지 않은데, 지금 보고 있는 일본 잡지 사진은 나를 불편하게 한다. 아름다움과 사치스러움이 당시의 〈매콜즈〉를 뛰어넘는다.

오랜만에 마리짱 집에 갔다. 마리짱이 하얀 원목 테이블에 모스그린색 테이블매트를 깔고 예쁜 유리 촛대에 수많은 불을 밝히고 치킨 와인 조림을 대접해주었다.

역시 마리짱도 쑥스러워하는 것 같아, 〈매콜즈〉의 로스트비프를 바라보며 쿠페빵을 먹던 젊은 우리의 모습을 떠올리기가 왠지 죄스러웠다. 그러면서도 쿠페빵 하나씩 쥐고 서로의 손을 꼭 잡은 채 어두운 복도를 살금살금 걸었던 우정을 지금도 서로의 눈빛에서 읽어낸다.

🍃 서민 마을의 아이들

학생시절에 사찰이 비정상적으로 많은 서민 마을 ○○의 이모네 집에서 하숙을 했다. 공습에도 2층집들이 기적적으로 타지 않고 남은 지역이었다. 구불구불한 흙길에 징검다리가 놓여 있고, 비가 내리면 돌 밑에서 흙탕물이 튀었다. 근처에 높은 벽돌담이 있었는데, 지금은 고인이 된 배우 네가미 준이 기모노에 종이우산을 쓰고 촬영한 적이 있다.

그 벽돌담 앞의 에도시대 낭인이 살던 공동주택에서 사극 영화를 찍은 적도 있었다. 그 주택에 결벽증이 심한 첩이 살았는데, 마당에 수도관을 두 개 설치해놓고 하나는 팬티를 빨기 위해서만 쓴다는 소문이 있었다. 우연히 그 첩과 공중목욕탕에서 만났다. 이모가 나를 팔꿈치로 찌르며 "저기 봐, 살갗이 벌겋게 벗겨지도록 문지르잖아. 발 봐봐, 시커매. 발에 손대기 싫어서 안 씻는 거야" 하고 소곤소곤 말했다.

이모 집은 골목 막다른 곳이었는데, 왼쪽 집과 오른쪽 집에 소학교 2학년생인 사촌동생과 같은 반 남자 아이들이 살았다. 사촌은 다로(실명), 오른쪽 아이는 지로(실명), 왼쪽은 히데오(가명)였다. 다로는 그 나이에 맞는 행동을 하는 아이였고, 지로는 빡빡머리 골목대장에 덩치도 컸다. 히데오는 앞머리가 가지런하고 뒷머리를 쳐올린 깔끔하고 단정한 스타일에 수재라는 소문이 있었다. 다로는 흙투성이 몸으로 울면서 집에 오는 경우가 많았다. 셋은 늘 같이 몰려다녔다.

지로는 공부라곤 한 적이 없었다. 다로는 이모한테 엉덩이를 맞아가며 공부하다가 틈만 나면 도망가려 했다.

히데오는 아마 스스로 면학에 힘썼을 것이다. 이모는 무슨 일이 있을 때마다 히데오와 다로를 비교했고, 그다음에 반드시 "어떻게 저런 엄마한테 똑똑하고 착한 아이가 태어났을까? 눈빛에 심술이 저렇게 가득한 사람은 처음 봤어. 자기만 잘난 줄 알아"라는 말을 덧붙였다.

어느 날 다로가 엄청나게 큰 저수조에 빠졌다. 아직 여기저기에 공터가 많은 시절이었다. 헤엄을 못 쳤던 다로는 그때 죽는 줄 알았다고 한다.

지로와 히데오는 다로가 물에 빠지는 걸 보고 냉큼 도망쳤다.

그런데 알고 보니 지로는 도망친 게 아니었다. 기다란 나뭇

가지를 주워와 다로에게 내밀었다. 다로는 그 덕분에 목숨을 건졌다.

직접 목격한 건 아니지만, 이모는 평생 지로를 생명의 은인으로 여겼다.

"히데오는 어떻게 했어?"라고 물으니 "정말로 도망쳐서 집으로 가버렸어."

나는 속으로 '흐음. 히데오는 나중에 커서 제대로 어른 노릇이나 하겠어? 지로는 남자 중의 남자야'라고 생각했다. 세월은 눈 깜짝할 사이에 흘렀고 공동주택도 이모의 집도 사라졌다. 소방차가 들어갈 수 있는 길로 바뀌었다고 한다.

수십 년이 지난 후 어느 대형 출판사의 원고 의뢰를 받고 계약서에 사인을 하려는데 문득 사장 이름이 눈에 들어왔다. 히데오와 동성동명이었다. 성과 이름이 같은 사람은 많이 있겠으나 나는 혹시나 싶어 편집자에게 사장이 어디 사람이냐고 물었다. "고향이 ××쪽이라고 들었어요."

이모 집이 철거되기 전에 놀러 갔다가 어른이 된 히데오를 본 적이 있다. 몸집은 작지만 냉철해 보이는 눈빛에 양복을 점잖게 차려입고 있었다. 볼 때마다 '비겁한 놈'이라는 생각이 들었다. 그때 출판 관련회사에 근무한다고 했다. 틀림없다. 그 히데오가 사장인 회사에서 나는 일을 받았다. 다로를 버리고 도망친 비겁한 놈 히데오의 회사에서.

지로는 떠돌이 방랑객처럼 살고 있다고 한다.

쇼와시대

미소라 히바리*는 쇼와12년(1937년)에 태어났고 나는 쇼와13년에 태어났다. 나와 같은 시대를 살았던 미소라 히바리는 쇼와시대를 꽉 채우고 죽었다. 나는 미소라 히바리가 죽었을 때 쇼와시대가 끝났다고 생각했다. 사실은 쇼와 천황이 죽었기 때문에 끝난 것이지만, 내 머릿속에선 천황보다 미소라 히바리 쪽이 더 쇼와와 밀착되어 있었다. 쇼와시대가 막을 내리면서 내 인생도 거의 끝났다고 생각했으니, 헤이세이(1989년부터)는 내게 덤이다.

나는 재능 없는 미소라 히바리였다.

미소라 히바리는 어릴 때부터 밥벌이를 해왔고 스무 살 땐 거의 갑부였다. 나는 스무 살 때 가난뱅이였다. 가난이 그리 나쁜 건 아니었다. 졸업하여 월급을 받게 되면 일단 살아갈 수 있으리라

---

* 일본의 쇼와시대를 대표하는 가수이자 여배우

기대했다. 막상 월급을 받아보니 충분하지 않았다. 하지만 이제 엄마에게 손을 벌리지 않아도 된다는 해방감과 자유가 무엇보다 기뻤다.

첫 직장은 니혼바시에 있는 백화점 홍보부였다.

백화점 앞에서 왼쪽으로 가면 긴자였다. 긴자 쪽으로 조금만 가면 또 백화점이 있고 그 홍보부에 친구가 근무했다.

나는 한가했다. 옆 백화점 홍보부에 어슬렁어슬렁 놀러 가곤 했다. 가보면 그곳도 한가한 듯 디자이너들이 전화번호부를 펼쳐 놓고 내기시합을 하고 있었다. 디자인실도 바쁠 때는 불난 집을 방불케 하지만.

월급은 1만3천 엔이고 아파트 월세가 8천 엔이었으니 역시 가난한 것이었다. 친구 동료들 틈에 끼어 내기시합을 하다가 다시 거리로 나와도 할 일이 없어 빈둥빈둥 걷는데 사촌언니와 딱 마주쳤다. 사촌언니는 그 당시 마루노우치에 있는 큰 보험회사에 다녔다.

언니는 "너, 잠깐 이리 와봐" 하고 나를 마루젠*으로 끌고 갔다. 마루젠에는 나도 자주 갔지만 늘 책만 봤기 때문에 옷 매장이 있는 줄은 몰랐다. 언니가 눈이 번쩍 뜨이도록 화사한 에메랄드그

---

* 주로 책과 문구를 취급하는 일본의 대형 서점

린 색 스웨터와 카디건 앙상블을 사주었다. 꿈만 같았다.

수십 년이나 지난 후에 사촌언니가 말했다. "저기서 꾀죄죄한 여자가 걸어오는데 가까이서 보니 요코잖아. 불쌍해서 그냥 갈 수 있어야지."

그 화사한 스웨터는 아마 수입품이었을 것이다. 나는 내가 불쌍하다는 생각을 하지 못했다. 지금 생각하니 정말 불쌍했다. 아, 불쌍해.

사촌언니의 따스하고 호방한 마음씀씀이에 눈물이 나려 한다. 그 옷은 오랫동안 나의 나들이옷이었다.

그해 겨울, 내 손으로 오버코트를 만들었다.

나는 오버코트가 없었다. 낡은 더플코트만 줄곧 입고 다녔다. 의욕이 넘쳐서 새빨간, 정말로 불처럼 새빨간 코트를 만들었다. 남은 천으로 모자 디자이너인 친구가 모자를 만들어주었다. 새빨간 꽈리열매처럼 끝이 뾰족한 모자였다.

나는 새빨간 모습으로 자신만만하게 걸었다.

또 사촌언니와 딱 마주쳤다.

"그때 정말 깜짝 놀랐어. 온몸에 불이 난 것 같은 사람이 있는 거야. 거기만 눈에 확 띄더라고. 가까이 가보니 요코잖아? 정말 깜짝 놀랐어."

거지같던 아이가 갑자기 유행의 최첨단을 달리는 여인으로 변신한 걸 보고, 중간이 없는 인간이라 생각했다고 한다.

우리는 경제 성장의 열매를 누리며 살아왔다.

미소라 히바리는 노래했다. 줄곧.

학생 때는 추레한 스웨터만 입고 다녔던 옆 백화점 친구는 딱 달라붙는 정장 차림이다. 여기도 저기도 슬림 핏이다. 그 시대에 유행했던 패션. 넥타이도 가늘었다. 그 남자도 중간이 없는 인간인 모양이다.

나는 미소라 히바리와 같은 날에 결혼했다. 그리고 아기를 낳았다. 내가 임신한 해에 미니스커트가 유행하기 시작했다. 내 임부복은 엉덩이가 보일 정도로 짧은 미니스커트였다. 다니던 백화점이 망해서 그 후로 듣기 좋은 말로 프리랜서지 5센티×3센티 크기의 일러스트도 그리면서 아기가 태어나기 전날까지 닥치는 대로 일했다. 낡은 아파트에서 대단지 아파트로 이사했다. 2, 3년 전에는 차도 샀다. 스바루 360의 첫 모델이었다. 언젠가부터 인간의 정신보다 물질이 앞서나가게 되었다. 우리 나잇대 사람들은 자신이 차를 소유하게 되리라고는 상상도 못했을 것이다. 일본은 인간이 따라가지 못할 만큼 빠른 경제 성장을 이뤘다.

미소라 히바리는 늘 노래했다. 마음을 담아 노래했다. 아이가 네다섯 살이었을 때, 나는 그림책을 만들어 가까스로 먹고 살았다. 미소라 히바리는 유행에 휘둘리지 않는 화려한 비단으로 의상을 만들어 입고 일본인을 위해 노래했다.

나는 지금 보면 눈이 휘둥그레질 정도로 펄럭이는 나팔바지를 입기도 하고 끝이 뾰족한 구두를 신기도 했다.

이혼했다가 또 결혼했다가 또 이혼했고, 자식이 비뚤어지고, 집을 지을 때 사기를 당하기도 했지만, 내일 먹을 쌀이 없지는 않았다. 조금씩 조금씩 물자가 풍부해지는 현상을 감사하기보다 당연시하게 되었다.

부자가 되었는데 부자가 되었다는 자각이 없었다. 거품마저 당연하게 생각했던 것 같다.

미소라 히바리의 마지막 콘서트가 도쿄돔에서 열렸다. 나는 열렬한 팬은 아니지만 히바리를 마지막으로 볼 기회라고 생각하고 무리하여 티켓을 입수했다. 미소라 히바리는 대단한 사람이었다. 그녀 개인은 없고 모든 이의 천재 가수로 존재했다. 내가 철이 들 무렵부터 들었던 노래, 〈도쿄 키드〉부터 〈흐르는 강물처럼〉까지 노래가 나올 때마다 나는 그 시대를 함께 살아왔다는 실감을 느꼈다.

히바리는 불같이 새빨간 드레스를 끌고 퇴장했다. 그리고 죽었다. 그녀가 죽었을 때 쇼와시대가 끝났다고 생각했다.

히바리에겐 여생이라는 것이 없었지만, 나는 지금 여생을 살고 있다. 일반인이라 좋았다. 이따금 도쿄돔에서 히바리가 입었던 새빨간 드레스가 생각난다. 불처럼 새빨간 오버코트를 입고 다닌 나의 젊은 나날도 쇼와라는 울타리 안에 고이 모셔져 있다.

🪶 검은 마음(슈바르츠 헤르츠)

아버지는 외국인을 게토*라 불렀다. 맥아더도 게토, 베토벤도 게토였다.

"일본은 언제 발견됐어요?"라고 아버지에게 물으니 "일본은 발견되지 않아도 엄연히 존재했다. 게토가 물을 만한 질문이군" 하고 내뱉듯이 말했다.

아버지는 학교에서 서양사를 가르쳤다.

독일에서 지낼 때 홈스테이 주인 할머니가 70세였는데 항상 일요일 오전에 목욕을 했다. 내가 볼일이 있어 거실로 들어가면, 갈색 같기도 하고 붉은색 같기도 한 다 떨어진 비로드 소파 위에

---

* 일본인이 서양인을 경멸하며 부른 단어. 한자로는 '毛唐'라 쓰고 털이 많은 사람이라는 뜻이다.

서 홀딱 벗은 채 온몸에 하얀 가루를 바르고 있었다. 내가 깜짝 놀라 문을 닫으려 하면 손짓으로 불러 더 열심히 가루를 바르며 태연하게 대화를 나눴다.

남 앞에서 알몸으로 이야기한 것보다 일흔의 나이에도 열심히 분을 바르는 서양 할머니의 모습에 놀랐다. 할머니의 연분홍색 몸이 무척 요염하게 느껴졌다.

아침식사는 둘이서 달걀 하나씩과 홍차와 소시지를 조금 먹었다.

서툰 영어로 이야기하다 막히면, 할머니는 내 독일사전을 펼쳐들고 손가락으로 가리켰고, 나는 일독사전을 넘겨 할머니 얼굴 앞에 들이댔다. 그러고 둘은 "예아, 예아" 하고 고개를 크게 끄덕인 후 다시 이야기를 시작했다.

아침식사가 끝나면 할머니는 빌려온 탐정소설을 하루 종일 읽었고, 나는 학교에 가기도 하고 안가기도 했다.

이웃에 할머니의 손녀가 엄마와 살고 있었다. 손녀의 이름은 안젤리카였고 우리는 친구였다. 대학에서 일본문학을 공부하는 안젤리카는 듣기에 생소할 만큼 예의바른 일본어를 썼다. "일본어의 높임말은 참 훌륭해요"라고 친구에게도 경어를 과장스럽게 써대면서 "당신은 왜 그렇게 말을 험하게 합니까?" 하고 슬픈 듯 고개를 저어 나를 부끄럽게 했다. 또 "할머니는 무척 불결해요, 부엌에 더러운 벌레가 살아요, 청소 안 해요" 하고 멀리서 방울을 흔드는 듯한 아름다운 목소리로 속삭였고, "할머니는 나쁜 사람이에요. 엄청난 구두쇠, 욕심쟁이. 친하게 지내지 마세요" 하고 나에게 명령했다.

"할머니는 거짓말쟁이예요. 먼 곳에 사는 친구한테 거짓말해서 돈을 보내게 해요."

안젤리카의 엄마와 할머니 사이에 어떤 역사가 있는지는 모르지만 안젤리카가 나에게 열심히 이야기하는 데에는 그럴 만한 이유가 있으리라 생각했다. 그리고 안젤리카가 하는 말에 거짓은 없으리라 생각했다. 아침식사 시간에 할머니가 돈이 든 편지 봉투를 뜯는 걸 본 적이 있기 때문이다. 하지만 할머니는 안젤리카를 나쁘게 말한 적이 한 번도 없었다.

어느 날 할머니가 내 방 스토브에 석탄을 집어넣으며 "슈바르츠 헤르츠, 슈바르츠 헤르츠"라고 노래하듯 중얼거렸다.

내가 "그게 무슨 말이에요?" 하고 물으니 할머니는 자기 가슴에 손을 올리고 "슈바르츠 헤르츠"라고 했다가 또 내 가슴에 손을 대고 "슈바르츠 헤르츠" 하며 윙크를 했다.

나는 슈바르츠가 '검다'는 뜻이고 헤르츠가 '마음'이란 건 알고 있었다.

나는 뜨끔했다.

할머니는 또 "슈바르츠 헤르츠" "슈바르츠 헤르츠" 하고 흥얼거리며 부엌 쪽으로 갔다. 당황한 나는 사전을 들고 할머니를 따라갔다. 할머니는 역시 '검정'을 가리키고 '마음'을 가리켰다.

검은 마음은 나쁜 마음이냐고 물었다. 할머니는 고개를 저으며 '검은 마음을 가진 사람은 검은 마음을 가진 사람을 알아본다, 너도 나도 검은 마음을 갖고 있다'라고 말했다.

나는 안젤리카도 슈바르츠 헤르츠냐고 물었다. 할머니는 양팔을 벌리고 어깨를 으쓱하기만 할 뿐 아무 말도 하지 않았다.

나는 이미 알고 있었다. 꽤 오래전부터 알고 있었다. 할머니와 나는 같은 종류의 인간이라는 것을.

안젤리카와 대화할 때보다 할머니와 있는 시간이 더 편안하다는 것을.

할머니 험담을 했지만 안젤리카는 슈바르츠 헤르츠가 아니라는 것을. 그리고 나는 슈바르츠 헤르츠라는 말을 들어도 고개를 끄덕일 수밖에 없는 이유를 충분히 갖고 있다는 것을.

그때 죽은 아버지 생각이 났다.

"일본은 발견되지 않아도 엄연히 존재했다"라고 내뱉듯이 말하며 서양사를 가르친 아버지도 슈바르츠 헤르츠였다. 나는 유리구슬처럼 투명한 눈 주변에 난 금색 속눈썹을 응시하며 '이 사람도 게토지'라고 생각했다.

게토 할머니와 서로 말끄러미 바라보며 슈바르츠 헤르츠를
나누는 나는 분명 아버지의 슈바르츠 헤르츠를 물려받은 것이
리라.

🖊 나와는 아무런 관계가 없는…집

아버지는 평생 자기 집을 갖지 못하고 죽었다.

평생을 셋집이나 사택에서 지냈고, 그것도 허구한 날 이사를 다녀야 했다.

가난한 집에 자식이 많다는 말처럼 실제로도 그랬고, 좌익 사상에 물들어 사유재산을 갖고 싶지 않았는지는 몰라도 실제로도 갖지 못했다. 고도성장기가 시작되기 전에 저세상으로 갔는데, 아마 오래 살았다 해도 집을 갖진 못했을 것 같다. 자식인 우리는 그런 아버지와 운명공동체였으니 특별히 정들만한 집이 없는 것도 당연했다. 어른이 되어서도 집에 특별한 애착을 느낀 적이 한 번도 없었다.

열여덟에 도쿄로 올라온 후 1엔이라도 싼 곳을 찾아 전전하는데, 친구가 이사를 너무 자주 하면 취직할 때도 불리하고 시집도 가기 힘들다고 충고했다.

스물셋에 결혼한 상대는 생전 이사 한번 안 해본 사람이었다. 23년간 찬장이 같은 곳에 있었고, 같은 곳에 젓가락이 들어 있었다는데, 그 젓가락 두는 곳도 모르는 무심한 사람이었다. 그때까지 이사를 스물 몇 번 했던 나는 23년간 같은 곳에 젓가락이 있었다는 말을 듣고 기겁을 했다.

신혼생활을 회반죽으로 마감한 2층 건물의 세 평짜리 방 한 칸에서 시작하여 여인숙 앞의 낡은 아파트로 옮겼다가 공단 아파트에 당첨되어 욕조가 딸린 집으로 이사했을 때는 여기가 천국인가 싶었다. 나는 너무 기뻐 다다미에서 뒹굴다가 아침부터 목욕을 하고 목욕이 끝난 후에 한 번 더 뒹굴고 다시 목욕탕으로 뛰어들었다.

그 결혼생활 중 그때가 가장 행복했다. 그 결혼이 있으면 이 결혼도 있다.

이 결혼의 상대는 집이 많은 사람이었다.

삼나무 가로수가 이어지는 땅에 집 세 채가 있었다. 이 결혼의 남편은 외동이었고 아버지가 죽은 후 전부 이 사람 것이 되었다. 오랫동안 가난뱅이였던 나는 아무래도 내 집인 것 같지 않았다. 지나치게 큰 신발을 신고 어기적어기적 걷는 기분이었다. 나이 들어 한 결혼이기도 했고, 게다가 이 결혼의 남편에겐 내가 무려 세 번째 아내였다. 그래서 더욱 적응하지 못하고 무슨 일이 있을 때마다 이 거대한 집을 버리고 작은 내 집으로 돌아가야겠다고 생각했던 것 같다. 몇 년이 지나도 마찬가지였다.

나는 분명 내 집 같지 않은 이 집 어딘가에서 죽으리라는 생각만 들었다.

이 결혼의 남편에겐 별장까지 있었다. 이쪽 계급에 정착했으니 별장에도 같이 가게 되었으나 나는 줄곧 이방인의 태도로 일관하며 별장족들을 욕했다.

들어보니 이 결혼의 남편은 어머님 뱃속에 있을 때부터 여름만 되면 낙엽송 숲에서 바람을 쐬곤 했다고 한다.

고향이라고 하면 삼나무 가로수보다 이 기타카루이자와가 떠오른다고 한다. 기타카루이자와에도 집이 세 채 있고 그중 한 채는 거의 20년간 폐가처럼 방치되어 있었다. 1928년에 지은 집인데 어린 시절부터 생각이 많은 사춘기 시절까지 그곳에서 여름을 보냈다고 한다.

베란다에 놓인 등나무 의자에 앉아 책을 읽고 있는 더부룩한 머리의 미소년을 사진 속에서 보았다. 그야말로 멋쟁이 호리 다쓰오의 세계였다.

나는 마루가 내려앉은 폐가로 들어가 "이걸 옛날 그대로 복원해줄게"라고 큰소리쳤다. "돈? 돈은 어떻게든 될 거야." 잃을 것 없는 가난뱅이는 무서울 것도 없다. "원래대로 되면 좋아?" "좋지."

"얼마만큼 좋아?" "이만~큼." "나한테 맡겨."

공무소 아저씨에게 전화했다. 공무소의 야마모토 씨는 폐가에 들어가자마자 기둥을 두드리고 벽을 만져보더니 "이건 부수지 않아도 돼요. 그러는 편이 더 좋아요" 하고 열심히 설명해주었다. "원래대로 만들어야 해요. 그렇게 될까요?" "그럼요."

그래도 부엌과 목욕탕은 요즘 유행하는 편리한 시스템을 도입했다.

야마모토 씨는 정성을 들여 복원 공사를 해주었다. 몰라볼 만큼 예쁜 집이 완성되었다. 요즘 세상에 일부러 이런 별장을 짓는 사람이 있을까 싶을 정도로 고전적이고 소박했다.

층마다 독립적인 구조에 굵은 기둥도 없다. 작은 방들은 하얀색과 짙은 갈색 기둥으로 지탱되도록 만들었다. 아무래도 복원이 어려워 틈이 생긴 곳으로 바람이 술술 들어왔다. 문도 조금 일그러졌다. 창문에는 요즘 구하기 힘든 무늬가 들어간 간유리를 끼웠다. 무엇보다 이 결혼 상대의 소년시절을 추억할 수 있어 좋았다.

나는 짐작할 수도 없지만, 감수성이 풍부한 소년시절을 이 집에서 얼마나 행복하게 보냈을까?

밖에 나와 집을 보니, 나이 들어 몸집이 작아진 할머니가 곱게 화장을 하고 새침하게 앉은 모양새다.

그러나 이 집은 나와는 아무런 관계가 없는 과거를 지닌 몸이다.

그러나 이 결혼 상대는 기뻐했다.

그러나 이 결혼뿐만 아니라 그 결혼도 한 아내에겐 성가신 혹이 달려 있고, 그 혹은 아직 어려서 남편의 성역에 흙 묻은 발로 침입하곤 했다.

나는 아담한 작업방을 선물했다.

작곡가 말러의 작업실을 모방한 정사각형의 방이다.

흥분한 프로레슬러 같은 열정이었다. 이 작업도 야마모토 씨에게 부탁했다.

내가 집에 열심을 낸 것은 기타카루이자와의 이 집뿐이다.

남편은 옛날 소학교 교실 같은 아담한 작업방에서 눈을 지그시 감고 모차르트 같은 걸 들었다.

타자 같은 걸 틱틱 쳤다.

1년의 반은 거기서 지내고 싶다고 말씀하셨다.

우리는 그곳에서 사용할 물건을 이것저것 열심히 찾아 들고 갔지만, 내 성질이 더러워서인지 끝까지 내 집 같은 느낌이 들지 않았다.

그래서 해보고 싶었다.

찢어진 삿갓을 깊이 눌러쓰고 망토처럼 생긴 지저분한 비옷을 나부끼며 입으로 휘익 풀을 날리고 "나와는 아무런 관계가 없는 일이오" 하고 그곳에서 사라지는 것이다. 그러면 남편의 손녀가 내 뒷모습을 보고 달려온다. "컴백, 아줌마."*

---

*《고가라시 몬지로》라는 소설을 원작으로 제작된 TV드라마가 1972년에 큰 인기를 끌었다. 집 없이 떠도는 건달인 주인공 고가라시 몬지로는 매번 귀찮은 분쟁에 휘말리는데, 그때마다 "나와는 아무런 관계가 없는 일이오"라는 대사를 남겼고, 그 시절 유행어가 되었다. "컴백"은 고가라시 몬지로와 정이 들었던 어린 소녀가 가지 말라고 붙잡는 장면을 본뜬 것으로 여겨진다.

선생과 스승

건방진 건지 성격이 나쁜 건지 나는 소학교에 다닐 때부터 선생을 싫어했고 선생도 나를 좋아하지 않았다. 어리다고 무시해선 안 되는 것이, 아이들은 또래 친구의 자질을 하늘에서 계시라도 받은 듯 정확하게 판별해내기 때문이다. 선생은 착한 아이를 좋아하고, 아이는 선생이 좋아하는 아이를 싫어한다. 내 인생에 은사라 부를 만한 사람이 없는 건 나의 결함 탓이다.

벌써 20년이나 지났던가? 뇌가 엉망이 되어 흙빛 얼굴을 한 채 빈둥빈둥 지내던 시기가 있었다. 그때 30년 이상 전부터 알고 지내는 여성이 마침 근처에 살고 있어서 "노래를 부르세요. 배에 힘을 주고 목소리를 내면 몸이 가뿐해져요"라며 일주일에 한 번 정해진 시각에 딱 맞춰 와주었다. 그 노래가 가면 음악극인 노가쿠(能樂)의 각본인 줄은 몰랐다. 아무래도 의욕이 생기지 않았다. 선생은 아무것도 몰라도 좋고, 내 흉내만 내면 된다, 목적이 없어

90

도 된다는 말만 되풀이했다(여성은 그렇게 나의 선생이 되었다). 제일 먼저 하시벤케이*를 했다. 나는 헤이케 모노가타리**를 좋아했지만 아무것도 몰랐다. 어쩐지 으스스한 목소리로 흉내만 냈을 뿐이다.

"배에서 목소리를 내야 해요."

선생은 내 차례가 될 때마다 지적했다. 의욕이 없었던 나는 선생이 열심히 부를 때 살짝 존 적도 있는데 어쩌면 알아차렸을지도 모른다. 어느 날 선생이 "당신은 순수해요. 이상한 버릇이 들지 않아 좋아"라고 했다. 내가 순수하다고? 선생은 나의 백배쯤 되는 열의와 성실함으로 정말 열심히 가르쳐주었다. 대본의 구불구불한 글자 옆에 찍힌 점점이 악보라는 건 1년 후에야 알았다. 언젠가부터 편해졌다. 선생이 말했다. "당신의 목소리엔 힘이 있어요. 이건 선천적인 재능으로 하늘이 내린 선물이죠. 못해도 좋으니 있는 힘을 다해 배에서 목소리를 내세요."

나는 원래 목소리가 커서 "작게 말해도 들려요" 하고 핀잔을 듣는 사람이다. 언젠가 젊은 애가 노래하는 걸 멍하니 듣고 있는

---

* 12세기 말 가마쿠라 막부를 세운 미나모토 요리토모의 동생인 요시쓰네와 그의 충신 벤케이를 주인공으로 만든 작품
** 가마쿠라 막부 초기의 전쟁 이야기

데 옆에서 "불러봐요"라고 하기에 "음치야" 하고 받아쳤다. 마지못해 유행가 첫 소절을 내지르자마자 옆에 앉았던 여자 아이가 1미터 밖으로 나가떨어졌다. "깜짝 놀랐어요." 내 목소리가 엄청났던 것이다. 그래도 계속 부르는데 "엄마, 배에서 소리 내지 마!"라는 추임새가 날아왔다. 흥, 요즘 가수는 입술로만 노래한다.

선생이 집까지 찾아와주는 호강에 겨운 레슨을 얼마동안 했을까? 노가쿠는 참으로 드라마틱하다는 것을 점점 알아갔다. 천황마저 눈먼 자식을 버리기도 한다. 납치당한 자식을 찾아다니던 엄마가 마침내 자식과 대면하지만, TV에서처럼 "엄마!" 하고 달려가지 않는 슬픔, 그리고 기쁨.

…어느 날 선생이 "선생님한테 갑시다. 나쁜 버릇은 없으니까" 하고 선생의 선생한테 나를 데려갔다.

집 안에 무대가 있었다. 처음 본 순간 보통 사람이 아니라는 걸 알았다. 역시 보통 사람이 아니었다. 그분의 기개와 열정은 이 세상 것이 아니었다. 부채형 가죽으로 감긴 봉으로 "아니야" 하고 책상을 두드리면 모두 벌벌 떨 정도였다. 탁!! 연습실에 팽팽한 긴장감이 가득했고, 느슨한 공기라곤 탁구공만큼도 없었다. 스승은 끝까지 헌신적이었고 사심이 없었으며 열의와 기개로 가득했다. 나는 존경할 수 있는 사람을 만나 기뻤다.

스승은 나에겐 친절했다. "나도 그걸로 치면서 야단쳐주세요"

라고 하니 "자넨 아직 그 정도는 아니야" 하고 웃었다. 나는 스승
이란 이런 사람이어야 한다고 레슨 때마다 생각했다.

　나는 수술하고 재발하면서 쉬는 날이 많았지만 죽기 전에 한
번은 무대에 서겠다고 결심했다. 스승에게 결심을 알리니 "잘했
네, 잘했어" 하면서 크고 부드러운 몸으로 안아주었다. 나는 진심
으로 존경하고 사랑하는 선생과 스승을 만났다. 하느님에게도 부
처님에게도 감사한다. 나는 운이 좋다. 스승이 여자인지 남자인지
궁금하다고? 스승은 성별을 초월한 분이다.

　스승은 내게 어떤 곡을 골라줄까? 일본인이라서 다행이라 생
각했다.

🖋 의외로 근처에…

엄마는 자식이 많은 것에 비해 비교적 정리정돈을 잘하는 사람이었다. 이따금 "우리 집은 아이가 있는 집 같지 않게 깔끔하지?" 하고 기쁜 듯이 자랑하곤 했다. 나는 그런 엄마한테서 태어났지만 아버지한테 "너는 똥이랑 된장도 구분 못하냐"라고 늘 야단맞으며 컸다. 도쿄로 올라와 이모 집에서 하숙하던 시절에는 내가 벗어놓은 옷을 까다로운 이모부가 성난 표정으로 하나하나 주우며 다닐 정도였다.

엄마가 77세였을 때 유럽 여행에 모시고 간 적이 있다. 어디든 가고 싶어 하고 놀기 좋아하는 사람이라 무척 기뻐했다. 기뻐하긴 했지만 여행 경비를 댄 내게 "고마워"라는 말은 절대 하지 않았다. '고마워'와 '미안해'라는 말을 한 번도 한 적이 없는 사람이었다.

나는 여행할 땐 아무튼 짐을 줄이려고 속옷은 낡은 것을 챙겨 가 한번 입고 버리고 책은 읽은 만큼 찢어버린다. 의류는 개키지도 않고 보스턴백에 쑤셔 넣는다. 그러나 엄마는 20킬로나 되는 짐을 커다란 여행 가방에 하나하나 꼼꼼하게 챙겨 넣는다. 작은 봉투엔 액세서리가 가득했고 만찬용 드레스랑 구두도 있었다.

프랑크푸르트에서 스위스, 파리로 이어지는 로맨틱한 버스투어였다. 엄마는 버스가 멈출 때마다 방문했던 마을 이름을 노트에 기록했다.

엄마의 상태가 조금 이상하다고 느낀 건 여행 중반부터였다.

호텔을 출발하려는데 엄마가 버스를 세웠다. "화장품 가방이 없어" 하고 소란을 피우더니 버스 뱃속에 고이 잠든 커다란 트렁크를 운전수한테 꺼내달라고 했다. 파우치는 트렁크 안에 있었다.

엄마에게 화장은 목숨과도 같았다. 왜 그렇게 중요한 물건을 소홀히 했을까? 늘 핸드백에 넣는데 그날은 왜 트렁크에 넣었을까? 왜 그렇게 몇 번이나 몇 번이나 마을 이름을 확인했을까?

그로부터 반 년 후 엄마는 병적으로 뭐든지 잊기 시작했다. 5년이 지나고 나서는 삼면경 화장대 서랍에 들어 있어야 할 화장품이 옷장 안에서 나오기도 하고, 작은 봉투 안에 화장지로 감싼 과자가 하나 나오기도 하고, 눈썹을 여덟 개나 그리기도 했다. 두루마리 휴지가 블라우스 안에서 두 개나 나온 적도 있었다.

온갖 서랍 안에 전혀 관계없는 물건들이 뒤죽박죽 들어 있었다(아아, 엄마의 머릿속이 서랍처럼 뒤죽박죽이 되어버렸다).

엉뚱하고 종잡을 수 없는 이야기를 들을 때보다 서랍을 볼 때 가슴이 철렁 내려앉았다. 꼭 엄마의 머릿속을 열어보는 듯했기 때문이다.

어느 날 서랍 안에서 데굴데굴 립스틱이 굴러가는 소리가 났다. 서랍에 다 쓴 립스틱이 딱 하나 들어 있었다(이제 엄마 뇌에 아무것도 들어 있지 않아. 다 쓴 립스틱처럼 되어버렸어).

구십이 되자 엄마는 스스로 설 수 없게 되었다.

엄마에게 나는 '누군가'가 되었다. 그 누군가가 한순간 엄마의 자식이 될 때도 있었다. "나, 요코야"라고 하면 엄마의 눈이 번쩍 뜨이고 "진짜? 진짜? 정말이니?" 하며 눈물이 왈칵 쏟아진다. 하지만 다음 순간 "그 아이는 참 착했어" 하고 현실에서 스윽 멀어졌다.

"요코라는 사람, 예뻤어?" (착하고 예뻤지?)

"글쎄, 예쁘진 않았지." (기분 나쁘게 솔직하네.)

나는 큰소리로 웃는다. 엄마도 웃는다.

"미치코는?" 하고 좋아하는 동생에 대해 물으니 "그 아이는 얌체 같았지." (이건 신의 소리인가) "엄마는 자식을 참 많이 낳았네"라고 하니 "아니, 나는 아기 안 낳았어" 하고 귀찮은 듯 대답했다.

나도 언젠가 죽겠지. 암으로 죽어도 사고로 죽어도 좋아. 하지만 치매만은 싫다고 생각했다. 하지만 살아가는 길은 선택할 수 있지만 죽어가는 여정은 선택할 수 없다. 엄마도 치매가 되겠다고 선택한 게 아니니까.

요즘 엄마는 '고마워'와 '미안해'라는 말을 홍수처럼 쏟아낸다 (엄마, 평생 그 말을 저축해뒀구나. 이제 일생을 마치기 전에 다 써버리려고 하는구나).

엄마 침대에 같이 누웠다. "엄마, 나 이제 지쳤어. 엄마도 지쳤지? 같이 천국에 갈까? 천국은 어디 있을까?"

엄마가 말했다. "그래? 의외로 근처에 있는 모양이야."

🖋 아름다운 사람

　고마운 일이라고 할까 신기한 일이라고 할까, 아이에겐 어떤 엄마라도 미인으로 보이는 시기가 있는 모양이다. 1914년생인 엄마는 모던 보이와 모던 걸이 우르르 쏟아지던 시대에 젊은 시절을 보냈고, 엄마 역시 그런 모던 걸 중 한 명이었다. 대부분 기모노를 입고 다니던 시절, 천성이 날라리였는지 그저 눈에 띄고 싶었던 건지, 나는 철이 들 무렵부터 옛날 사진 속에서 모던 걸이었던 엄마의 모습을 보았다. 레이스 장갑을 끼고, 고데기로 굽실굽실하게 만든 머리카락 위로 큼직한 모자를 비스듬하게 쓰고, 축 늘어진 원피스에 하이힐을 신고, 반들반들한 실크 양말을 신었다. 요즘 옷처럼 간편한 원피스가 나오기 전의 정통 양복 차림이었다. 엄마로서가 아닌 젊은 아가씨로서의 육체가 묘하게 육감적으로 보였다. 사진 속의 엄마를 넋을 잃고 보는 동안 동경심에 가까운 감정마저 느꼈다. 사진관에서 찍은 사진이었는데, 사진관에 갔을 정도라면 역시 특별한 날이었던 모양이다. 그 사진 속에서 엄마보다 더 아름다운 사람을 발견했다.

둘이서 나란히 찍은 사진도 있고, 혼자 찍은 브로마이드 스타일의 사진도 있었다.

그 사람의 사진을 본 후로 나는 엄마를 찬찬히 관찰하게 되었고, 내가 엄마를 아름답다고 생각했던 짧은 세월은 결국 끝이 났다.

전쟁이 끝난 후 우리는 일본으로 돌아왔다. 엄마는 도쿄로 가고 싶었겠지만 부모형제가 살아 있는지 죽었는지도 몰랐다. 우리는 일단 아버지 고향으로 갔다. 아버지는 도쿄에 갔다가 돌아와 엄마에게 "살아 있었어" 하고 가족의 소식을 전했다. "집도 그대로 있었어. 처제 신랑도 있고, 아이도 둘 있더라." 대규모 공습을 당한 서민 마을이니 기적에 가까웠다.

이처럼 누가 살았는지 죽었는지 알 수 없는 시대였다.

당시 라디오에 '찾는 사람'이라는 코너가 있었다.

라디오에서는 온종일 사람만 찾는 것 같았다. "○○ 무렵 ○○○ 마을에 살았던 ×× 씨, 혹은 소식을 알고 계신 분은 ×× 현 △△에 사는 ×× 씨가 찾고 있으니 연락 주시기 바랍니다"라고 주소를 되풀이하여 읽었다.

엄마는 '찾는 사람'에 그 아름다운 사람의 소식을 요청했다. 나는 어린 마음에 엄마는 참 용감하다고 생각했다.

그 사람에게 편지가 왔다. 이것도 기적이었다. 엄마가 진심으로 그리워했던 친구였다는 걸 알았다. 그녀들은 여학교에서 'S'* 였던 모양이다. 학교 전체에 'S' 관계로 알려진 친구도 많았다고 하니, 동성애로 엮인 관계라기보다 특별한 친구 정도였으리라.

아름다운 사람은 남편과 사별했다. 나는 엄마가 아버지와 이야기하는 걸 옆에서 듬성듬성 주워들었을 뿐이다. 병사했는지 전사했는지는 모르지만 미망인인 건 확실했다.

아이가 둘 있다. 직업이 있다. 아름다운 사람은 좋은 집안의 풍족한 환경에서 자란 모양이었다. 또 집안에 걸맞은 결혼을 했다.

전쟁으로 미망인이 양산되던 시대였으니 드문 경우도 아니었다.

나는 어린 마음에도 엄마가 친구에게 동정심과 우월감을 동시에 느낀다는 걸 알았다.

"보험 영업이라니, 그 사람이."

두 사람은 그 후로도 몇 번 만났고 편지도 주고받았다.

---

* sister의 S. 여학생끼리의 끈끈한 정을 소재로 한 문학 작품이나 현실 속의 친구관계를 나타내는 은어로 1910년대부터 유행했던 말이다.

우리는 가난하고 어수선하게 살았다. 어느 날 엄마도 미망인이 되었다. 아직 장례식 절차도 마무리되지 않았을 때, 아름다운 사람이 집으로 뛰어들었다. 정말 아름다운 사람이었다. 키가 크고 늘씬한 몸에 정장을 기품 있게 차려 입고 세련된 하이힐을 신었다. 지적이고 고상한 그녀의 모습에 나는 놀라지 않을 수 없었다. 요즘 시대에는 그 정도로 능력 있는 커리어우먼도 드물지 않지만 그 당시의 내 눈엔 정말이지 반짝반짝 빛나 보였다.

아름다운 사람이 엄마를 붙잡고 말했다. "도쿄로 올라와. 내가 하는 일을 전부 나눠줄게. 보험 영업이라 해도 나는 큰 회사를 상대하니 집으로 일일이 찾아가는 거랑 달라. 처음엔 나랑 같이 다니면서 일을 배우면 돼. 나는 여자 혼자 힘으로 엄마도 돌보고 두 아이도 키웠어. 그저 그런 남자들보다 경제적으로는 더 나아. 너라면 할 수 있어. 우리 아이들 모두 대학에 보내야지."

나는 지금도 생각한다. 그녀는 엄마의 진정한 친구였다. 미망인이 되면 당장 내일부터 돈 걱정이다. 다정한 말뿐인 동정은 아무런 도움도 되지 않는다는 걸 몸소 체험했을 것이다. 그 사람에게 오만함은 없었다. 성실하고 진지하고 정말로 엄마와 인생을 함께 하겠다는 각오가 느껴졌다. 당연한 듯 책임을 나누려는 태도로 도쿄에서 열 일 제치고 달려와 준 그녀의 마음 씀씀이에 나는 그만 압도당하고 말았다.

하지만 엄마는 그렇게 받아들이지 않았다.

"대체 무슨 생각으로 사는 사람이야? 남편 잃은 지 얼마나 됐다고, 나한테 보험 영업을 하라니. 정말 어이없어."

엄마는 그때 빈말이라도 좋으니 듣기 좋은 위로와 동정의 말을 원했던 것이리라.

혹은 현실에 눈을 감고 싶었는지도 모른다. 결국 엄마와 우리는 아버지 친구들의 도움을 받아 생계를 꾸려갈 수 있었다.

집도 없고 저금해둔 돈도 없고, 있는 건 한창 자랄 나이인 네 아이들뿐. 엄마는 아버지 친구의 연줄로 지방공무원이 되었고, 장학금이라는 명목으로 아버지 친구들 사이에 장부가 돌려졌다. 그런 조직력은 역시 남자들의 사회에만 있는 것이었다. 남자들의 아버지를 향한 우정의 표현 방식이었다.

아름다운 사람은 그런 남자들의 사회 속에서 홀로 싸워 스스로 생활을 영위했다.

엄마는 점점 넉살좋은 미망인이 되었다. 강하고 억세졌다.

아름다운 사람의 아들은 의사가 되었고 딸은 결혼했다. 그 전에 멋진 집도 지었다고 한다. 무슨 소식이 들릴 때마다 엄마는 말했다.

"어떻게 사람이 그러니? 남편을 잃고 며칠 지나지도 않은 사람한테 보험 외판원이 되라니." 엄마와 아름다운 사람의 우정은 깨졌을까?

엄마는 우정에 달콤한 환상을 품었던 걸까?

어쩌면 설명이 부족했는지도 모른다.

사실은 도쿄로 올라가 네 아이를 지킬 자신이 없었다고. 월급쟁이의 아내로 지내다가 안정된 수입이 없는 일에 뛰어들자니 두려웠다고. 보험 외판원이라는 직업에 선입견이 있었다고.

만약 엄마가 솔직히 고백했더라면 아름다운 사람도 분명 이해해주었으리라.

그러나 엄마는 솔직하지 못했다.

엄마는 우정을 원한 게 아니었는지도 모른다. 그녀를 지탱해온 것은 일종의 허세였기 때문이다. 엄마는 사교를 좋아하는 사람이었다. 그리고 사교에 능한 사람이었다.

사교 속에 아무래도 섞이기 마련인 작은 거짓말도 필요한 사람이었다.

외지에서 풍족하게 살 때 엄마는 자신의 행복한 생활을 사진 몇 장에 담아 아름다운 사람에게 보냈던 것 같다.

아름다운 사람도 그런 소식을 보냈다. 어른이 되어 엄마 사진을 정리하는데, 세련된 서양식 건물 앞에서 기모노를 입고 하얀 의자에 앉은 아름다운 사람의 사진이 나왔다. 뒷면을 보니 '싱가포르에서, 1934년'이라 적혀 있었다.

40년이 흐른 후 나는 그곳이 싱가포르의 래플스 호텔이었다는 걸 알았다.

싱가포르의 래플스는 세계적으로도 유명한 일류 호텔이다.

그녀는 1934년에 래플스에 숙박할 수 있는 환경에 있는 사람이었다. 어쩌면 신혼여행이었는지도 모른다.

40년 후 나는 우연히 그 사람이 사진을 찍었던 잔디밭에 서 있었다.

아름다운 사람은 죽었다.

내 친구가 아니니 나는 그 사람에 대해 거의 아무것도 모른다.

10대 후반에 모던 걸이었던 소녀들은 전쟁을 경험하며 긴 인생을 열심히 살았다.

누가 어떻다는 이야기를 할 생각은 없다.

그러나 지금도 나는 아버지가 죽었다는 소식을 듣고 달려와 주었던 그 사람의 우정을 귀한 것으로 여긴다.

내게도 소녀 시절이 있었다. 학교에서 실컷 수다를 떨고 와서도 바로 자전거를 타고 친구 집에 놀러 가곤 했다. 찰싹 붙어 다니는 우리를 보고 엄마가 말했다.

"그것도 한때다." 그때 나는 엄마가 미웠다. 평생 친구로 지낼 우리 사이를 깨뜨리는 말은 하지 말아줬으면 싶었다.

세월이 흘러 각자 다른 인생을 살게 되었고, 우리는 만나도 서로 할 이야기가 없어졌다.

중요한 것이 달라졌다.

같은 미망인이 되었을 때, 엄마와 그 사람은 중요한 것이 이미 달랐는지도 모른다.

'어떻게 사람이 그러니? 남편이 죽고…'를 말 그대로 해석해선 안 되는지도 모른다. 자질의 차이와 삶의 차이를 엄마는 동물적인 감으로 알아차렸을 것이다.

그러나 그 사람을 찾으려고 라디오 방송에 신청한 엄마는 내게 미국 서부 개척시대의 와이오밍을 연상케 했다.

극단적으로 여자가 부족했던 시절, 와이오밍의 여자는 여자친구를 만나러 가기 위해 3일마다 말을 바꿔 타고 달렸다고 한다.

그 혼란했던 시대에 엄마는 모던 걸이었던 당신의 청춘을 되찾고 싶었던 걸까?

🍃 노인은 노인으로 좋다

세월을 거스르는 생물이 있을까?

그러려고 노력하는 건 야쿠시마의 야쿠스기* 정도가 아닐까? 하지만 그건 노력하는 게 아니라 천수를 누리는 것이다.

세월을 거스르는 것이 어느새 가치 있는 인생처럼 여겨지게 되었다.

TV를 보면 광고만 계속 흐르는 채널이 있다. 거의가 미용이다. 얼마나 세월을 속일 수 있느냐에 중점을 둔다. 성형수술에 아무런 거부감이 없고, 안 해도 예쁜 사람까지 얼굴에 손을 댄다. "저건 수술한 코야" "이 사람, 콜라겐 주입했군" 하고 지적해대는 성형 전문가 아줌마도 주변에 있다.

---

* 야쿠시마의 해발 500미터 이상 산지에 자생하는 삼나무. 좁은 뜻으로는 이 중 수령 1,000년 이상인 나무를 의미한다.

역시 모두 예쁘다. 보통 여자 중에 추녀는 모두 사라지고, 다리도 점점 길어지고, 멋을 부리는 데에도 어느 나라 못지않게 노력한다.

일본은 평화롭고 근사하다.

구십이 넘은 할아버지가 죽을힘을 다해 겨울 산에 오르거나, 바다 속으로 뛰어들거나, 철봉으로 기계체조를 한다.

나이에 굴하지 않겠다는 의지를 온몸으로 표출한다.

추하다. 나이를 이긴다든가 진다든가 그런 표현에 구역질이 난다.

노인은 노인으로 좋지 않은가?

이렇게 어리석고 기력만 넘치는 노인이 있으니 보통 노인은 홀대받는 거다.

무척 젊어 보이는 여자를 안다. 환갑이 가까운 나이인데 열 살은 젊어 보인다. 알맹이는 더 젊다. 주변의 아가씨들이랑 비슷하다.

"롯폰기 힐즈* 가봤어?" "오모테산도 힐즈 가봤어?" 내가 갈 리 없잖아.

그 여자에겐 나이에 걸맞은 알맹이가 외모와 마찬가지로 없

---

* 롯폰기 힐즈와 오모테산도 힐즈는 최첨단 복합공간으로 젊은이들이 많이 찾는 명소이다.

다. 나는 곧 일흔이 된다. 나름대로 인생을 살아왔다. 찢어지게 가난했고 이혼도 했다. 사람과 사람이 붙는 건 고생스럽지 않지만 떨어지는 건 지극히 어려운 일이다. 엄청난 에너지를 소모하고 쓰러진다.

한순간의 빛이 인생의 영원한 빛으로 반짝이는 경우도 있다. 사람은 지친다. 인력은 밑에서 작용하기 때문에 피부는 아래쪽으로 처지고 뼈도 70년을 매일 썼으니 당연히 상한다. 하지만 주름투성이 몸 안에는 태어나서 살아온 세월이 모두 들어 있다.

서양은 젊음의 힘을 숭상하는 반면, 동양에는 연륜을 존중하고 노인을 공경하는 문화가 있었다. 그리고 조용히 늙어가는 멋진 노인의 표본이 늘 존재했다. 나는 그런 노인이 되고 싶다.

2 장

당신은 무슨 볼일이 있어 이 세상에 왔나요?
살아 있기 위해 왔지요?
나는 아무 볼일도 없습니다. 하지만 아직 죽고 싶지는 않
습니다. 윤기가 흐르는 밥알도 깡통 냄새 나는 통조림 복
숭아도 더 먹고 싶거든요.

🌿 위대한 엄마

꽤 오래 전 어느 날, 나는 심리학자 가와이 하야오 선생과 오타루 시의 카바레 '현대'라는 곳에 있었다.

카바레 '현대'는 1948년에 개업하여 오랜 전통을 이어오며 줄기차게 영업해온 곳이다. 오타루 시의 청어잡이가 쇠퇴함에 따라 어부가 묵던 오두막은 모두 사라졌다.

카바레 '현대'는 어부가 묵던 오두막은 아니었지만 비슷하게 사용되었던 것 같다. 큼직하고 밋밋한 목조 건물로 2층으로 보이는데 2층이 아닌, 묘하게 거대한 공간이었다.

개업 당시부터 있었던 호스티스가 그대로 일하고 있었다.

두꺼운 화장의 호스티스는 60세가 훨씬 넘은 것 같은데도 과감하게 등이 깊이 파인 화려한 드레스에 굽이 엄청 높은 하이힐을 신고 치맛자락을 펄럭이며 남자와 춤을 췄다. 춤추는 남자들 모두 예외 없이 할아버지였는데, 다들 비슷하게 생겨 구별할 수 없을 정도였다. 너도나도 흥에 겨워 스텝을 밟았다. 곡도 굉장히 오래된 블루스나 탱고였다. 추억 속의 음악이라는 표현이 관대하게 느껴질 정도로 추억을 넘어선 특별한 시간과 공간이었다.

1층과 2층 사이에 밴드가 있었는데, 악기를 든 사람들이 또 모두 노인이다.

내가 오타루에 오기 전에 '일본에서 가장 오래된 카바레'로 주간지 박스 기사에 소개되었다. 색다른 걸 좋아하는 내가 그 기사를 보고 선생을 데리고 간 게 틀림없다. 선생도 나도 낮에는 품격 있는 동화상의 심사위원이었다.

나는 무척 만족했다. 게다가 평범한 나는 웃음을 참는 게 고역이었다. 내가 선생을 보통 어른과 다르다고 느낀 것은 선생이 아이처럼 깜짝 놀라 입을 반쯤 벌리고 가느다란 눈을 희번덕거렸기 때문이다. 어설픈 인텔리처럼 아는 척하거나 하찮게 여기지 않고 그저 놀라고만 있었다.

어른이 되면 그냥 놀라기가 어렵다. 나는 그때 온갖 사람의 마음에 놀라는 '마음' 전문가인 선생의 넓고 깊은 인격에 충격을 받았다.

선생은 유명한 익살꾼이었다.

대화의 반은 농담이었다.

"내가 하는 일은 병이 난 사람을 상식인으로 만드는 겁니다."

"나는 위대한 상식인입니다"라고 말한 적도 있다.

"하지만 예술가는 치료해선 안 됩니다."

어느 운동선수가 선생의 환자였던 적이 있는데, 선생은 그를 보통 사람으로 만들었고 병이 나으니 평범한 사람의 기록밖에 내지 못하게 되었다. "내가 실수한 겁니다."

선생은 학교에서 강의도 하고, 내가 읽는 것보다 빠른 속도로 책을 출판하고, 두더지처럼 일본 여기저기에 출몰하여 강연을 하고, 고객도 많이 보유하고 있다. 너무 바빠서 신칸센을 타고 이동하며 환자 이야기를 듣는 경우도 있다고 한다.

병난 마음과 대치하는 일은 정말 힘든 노동이다. 그래서 저렇게 익살을 떠는지도 모르겠다고 생각했다.

언젠가 선생과 대담을 나누었다.

"내가 무슨 말을 하면 남자가 뒤로 물러서는 것처럼 느껴질 때가 있어요."

"그건 사노 씨가 진실을 말하기 때문이에요. 모두 진실을 싫어해요. 진실은 말하면 안 돼요."

왠지 무척 부끄러웠지만, 무엇이 진실인지 아닌지 알기 어려웠다.

선생은 중공(中空)이라는 개념을 소중히 생각했던 것 같다. 나로서는 중공을 이해하기가 무척 어려웠다.

일주일쯤 전에 알았다. 노자를 읽으니 이해가 되었다.

타오(道)는

공(空)에서 시작해요

그곳은 아무리 퍼 올리고 퍼 올려도 마르지 않는

신비의 우물

모든 것이 나오는 고향일지도 몰라요

타오의 몸짓은

섬뜩하게 솟은 예리한 칼날을

두루뭉술하게 갈아주고요

딱딱하게 엉킨 실을

술술 풀어주고요

잔뜩 화가 나서 쭈뼛쭈뼛 솟은 머리를

살살 어루만져주고요

하늘하늘 가볍게 춤추는 티끌을

조용히 잠재우지요

《타오》, 카지마 쇼조 지음, 황소연 옮김, 운디네

그렇게 정리해도 되나요? 선생님, 아닐지도 몰라요, 모르겠어요.

선생과 시미즈 마사코 씨와 함께 동화상 심사위원을 맡은 적이 있다. 나와 시미즈 씨의 의견이 대립하는 바람에 열기가 갈수록 뜨거워졌다. 시미즈 씨와 나는 의견이 엇갈리는 것을 무척 재미있어 했다. 조금 더 조금 더 가열되길 바랐다.

그러자 선생이 5분 쉬자고 했다. 나는 당했다고 생각했다. 5분 쉬면 열기가 식을 게 뻔하기 때문이다.

선생한테 당했다.

시미즈 씨와 나는 호텔에서 같은 방을 썼다. 우리는 선생의 손바닥 위에서 놀아났다며 "뭐야"라거나 "그건 아니지" 하고 불평을 쏟아냈다.

아마 선생은 일본인의 '화(和)'라는 덕목을 소중히 여겼던 것 같다. 일본인은 대립을 좋아하지 않는다는 걸 선생은 잘 알고 있었다.

선생과 알고 지낸 지 20년이 넘었다.

선생은 왠지 엄청나게 큰 존재로 비쳤다. 항상.

20년 전과 세상을 떠나기 직전, 외모가 전혀 다르지 않았다. 20년 전에 이미 노숙했던 것인지, 무엇에든 놀라는 젊음이 20년이라는 세월을 소멸시킨 건지 모르겠다.

　선생은 햇볕을 쬐어 따끈따끈하게 부푼 방석 같은 얼굴이었다.

　가느다란 눈에 작은 검은자위가 위쪽에 붙어 있었다. 나는 그 눈이 무서웠다. 선생은 빵빵한 방석 같은 얼굴로 웃었고 늘 다정했지만, 그 가느다란 흰자위 위에 붙은 눈동자는 혹시 웃지 않은 게 아닐까? 지금은 기억이 나지 않는다.

　나는 엄마와의 오랜 갈등이 엄마의 치매로 인해 해소된 사실에 흥분하여 긴 편지를 쓰고 말았다. 얼마 지나 선생에게서 '우주는 그렇게 도는 겁니다'라는 답장을 받았다.

　그 직후, 선생이 쓰러졌다. 나는 선생에게 기댔던 것 같다. 형태로 보이지 않았던 위대한 엄마에게 그랬던 것처럼.

✽ 지금, 여기 없는 료칸 스님

'료칸(良寬) 스님'이라는 이름만큼은 어릴 때부터 알고 있었다. 할아버지 스님이 아이와 공치기를 하는 그림을 어디선가 본 것 같다. 옛날에 아이와 놀아주는 다정한 스님이 한 분 계셨구나, 하고 생각했을 뿐이다. 스님이 아이와 노는 모습을 상상할 수 없는 시대였기 때문이다. 아니, 어른이 되어서도 스님이라면 장례식이나 법회가 있을 때 잠시 나타나는 존재였다. 료칸 스님은 어른인 내 앞에 글씨를 통해 다시 나타났다.

그토록 아름다운 일본의 글씨를 본 적이 없었다. 나는 서예에 흥미도 지식도 없었기에, 인쇄물이나 전시회에서 우연히 본 것에 지나지 않았다. 내겐 료칸의 글씨가 어쩌면 그림으로 다가왔는지도 모른다. 하지만 평생 단 한 장의 종이를 봤다 하더라도 나는 결코 잊을 수 없었을 것이다.

"아줌마, 요시히로*가 누구예요?"

이 원고를 의뢰받고 료칸에 관한 책을 몇 권 구하여 연달아 읽
는데 근처에 사는 청년이 놀러 와서 물었다.

"엉?"

"이거, 요시히로잖아요."

나는 기겁을 했다.

"앗, 너, 료칸도 몰라?"

"몰라요, 료칸이라 읽는구나."

샐린저도 스티븐 킹도 아는 청년이다.

"야, 너, 아이랑 노는 스님 이야기 몰라?"

"몰라요, 어떤 사람인데요?"

그렇게 물으니 나도 말문이 막혔다. 뭐라고 설명해야 할지 나
도 모르는 것이다.

"뭘 했는데요?"

"…."

"왜 유명해요?"

"…."

"훌륭한 사람이에요?"

"글씨를 잘 써."

＊ 良寬은 '요시히로'라고도 읽을 수 있다.

"흐음, 그뿐?"

"…"

"아줌마는 아시시의 프란체스코 알아요?"

"알지 그럼, 프란체스코 수도회에서 새들한테 설교한 사람이잖아."

료칸은 몰라도 아시시의 프란체스코에 대해서는 안다. 아시시의 성 프란체스코 성당에 두 번이나 갔었다.

"있잖아요, 아줌마. 스님은 왜 엄청 가난하면 훌륭하다고 하나요? 부자 스님은 훌륭하지 않나요?"

"아, 아, 아, 종교는 아무래도 정치랑 연결이 되니까, 중얼중얼…"

딱히 료칸을 모르는 나의 젊은 친구를 변호하자는 건 아니다. 그는 일본의 보통 젊은이다. 그와 오십보백보인 나 역시 보통 일본 아줌마다.

료칸에 관한 책을 몇 권 읽었지만 읽기 전과 거의 다를 바 없는 것 같다. 내가 료칸이 놀아줬던 아이라면 좋았을 텐데. 료칸에게 쌀 한 사발 시주한 농가의 아내였다면 좋았을 텐데.

살아 있는 인간이 발하는 매력이나 인품에 대해서는 손으로 만지고 냄새를 맡고 목소리를 듣고 이 눈으로 보지 않으면 아무 말도 할 수 없는 거다. 료칸이 그 방대한 시가와 글을 남기지 않았더라면, 아이와 놀아주는 거지 스님은 그 죽음을 피부로 느꼈던 사람들만 애도하고 금세 잊히지 않았을까?

그는 훌륭한 종교인이라기보다 예술가로서의 숙명을 짊어졌다고 생각한다. 예술가라는 업은 강렬하다. 겨울철 고고암(五合庵)이라는 작은 암자에서 눈에 갇힌 채 미야자와 겐지처럼 '조금의 쌀과 한 다발의 장작만 있으면 된다'라는 내용의 시를 썼는데, 그런 고독을 표현하지 않고는 못 배기는 예술가였다.

예술과 신앙은 물과 기름처럼 서로 밀어낸다. 예술이란 버리려야 버릴 수 없는 자아가 낳는 것이다. 신앙이란 자아를 버려야만 얻을 수 있는 것이 아니던가?

예술은 거대한 진실과 거대한 거짓을 모두 품는다.

죽으면 인간성은 사라지지만, 표현된 것은 남는다. 재능이 크면 클수록 재능과 인격의 관계성은 옅어지는 것 같다.

나는 살아 있는 료칸 스님을 알고 싶었다. 예술과는 관계없는 평범한 아이의 모습으로 료칸 스님과 놀고 싶었다. 더 나이 들면 손주에게 이야기해주고 싶었다. 결코 잊을 수 없는 그리운 인품을 지닌 한 스님이 계셨다고.

🌿 아이와 같은 눈높이로

60년 전에도 유치원은 있었다. 중국 다롄에서 유치원에 다닐 뻔했는데 며칠 다니다가 스스로 그만뒀다. 유치원에 다니기 시작한 지 얼마 되지 않아, 눈이 치켜 올라간 데다 이마까지 불룩 튀어나온 삼각형 얼굴의 남자 아이가 그네를 옆으로 흔들어 내 그네에 부딪쳤다. 나는 너무 무서웠다. 다음 날부터 집 앞에 쭈그리고 앉아 막대기로 땅을 쑤시며 놀았지만 전혀 심심하지 않았다.

며칠 후 여느 때처럼 집 앞에 쭈그리고 앉아 있는데, 10미터 정도 떨어진 곳에서 아이들이 무리를 지어 시끄럽게 떠드는 소리가 들렸다. 유치원에서 소풍을 나온 것이었다. 후회란 이런 감정이던가? 시간은 되돌릴 수 없다는 사실을 처음 안 순간이었다. 나도 소풍이라는 걸 한번 가보고 싶었다. 아이의 생활에는 스케줄이라는 게 없다. 순간순간을 살 뿐이다. 내가 한 일의 결과는 나에게 돌아온다는 사실도 알았다. 내 얼굴이 부러움 때문에 뾰로통해졌다. 유치원의 추억은 그것 하나뿐이다.

그네를 부딪친 남자 아이는 항상 난폭했다. 그래서 겁먹었던 것 같다. 여자 친구가 생긴 기억은 없는데, 아마 있어도 잊었을 것이다. 아이들 집단에는 장난이 심한 아이가 한둘은 존재하기 마련이다. 그렇다고 어른이 되어 야쿠자 두목으로 살지는 않을 것이다. 그냥 보통 아이였다고 생각한다. 현실이란 그런 거다.

세월이 흘러 이젠 내 아이가 어린이집에 다닌다. 나는 엄마의 귀와 엄마의 눈을 가지게 되었다. 엄마의 눈으로밖에 아이들을 보지 못했다. 어느 날 아들이 어린이집에 들어가자마자 일고여덟 명의 여자 아이들이 달려들어 아들의 모습이 그 속에 묻혀 보이지 않을 지경이었다. 한 여자 아이는 아들에게 실내화를 신기고, 한 아이는 가방을 벗겨 벽에 걸러 갔다. 여자 아이들이 한목소리로 아들의 이름을 불렀고, 아들은 양손을 두 여자에게 잡힌 채 비틀거렸다. 오오, 아들은 인기남이었다. 정말 놀라운 남자의 일생이 시작되려 한다.

내 기분이 하늘 높은 줄 모르고 치솟았다.

그로부터 며칠 지난 후 어린이집에 가봤더니 아들이 혼자 우두커니 서 있는 것이다. 여자 아이들은 모두 다키짱에게 몰려갔다. 유행이 지났다. 아아, 참으로 냉혹한 일생이로구나.

자세히 보니 한 여자 아이에게 모여 있는 남자 아이들도 있었다. 나는 어린이집에서 인생의 심오함을 깨달았다. 그 여자 아이는 세 살의 나이에 자기가 여자임을 이용할 줄 알았다. 늘 치맛자락을 둥글게 펼치고 앉았고, 고개를 숙인 채 치맛자락을 만지작거리며 눈만 살짝 위로 뜨고 교태를 부렸다. 수돗가에서 몸을 배배 꼬며 손을 씻는 그 여자 아이한테로 남자 아이들이 우르르 몰려가 몸을 부딪치곤 했다. 남자 아이들은 네 명이거나 다섯 명이거나 했다. 다른 수도꼭지는 비어 있는데. 그 무리 안에 우리 아들도 있었다. 아아, 남자의 어리석은 일생이 시작되었다.

가엾은 건 우리 아들뿐. 다른 아이들은 귀엽기만 했다.

내 눈은 아들이 네 살일 땐 네 살 아이들에게로, 아들이 열 살일 땐 열 살 아이들에게로만 향했다.

아이를 위한 글은 새빨간 거짓말이어야 한다. 그 새빨간 거짓말에 이 세상을 정확히 꿰뚫는 '진실'이 담겨 있어야 한다. '진실'은 곧 현실이다.

내 안에는 내가 아이였던 시절의 내밀한 나 자신과 엄마가 되어 엄마의 눈으로 아이들을 바라본 그다지 객관적이지 않은 시선만 존재한다. 아이가 없는 작가도 걸작을 쓴다. 그들은 아마도 내밀한 아이를 자기 속에 품고 있든지, 혹은 바람직한 아이의 모습을 마음에 늘 지녀왔던 것이리라. 어쩌면 아이들을 유난히 좋아하는 성향이기 때문인지도 모른다. 하지만 가끔은 아이를 싫어하는 사람에게서도 걸작이 나올 때가 있다.

아들이 어린이집에 다닐 때 《싫어 싫어 유치원》을 읽었다. 눈이 번쩍 뜨이는 것 같았다. 그건 보육사로서의 눈이었다.

매일 아이들과 생활하고 아이들을 돌보면서 아이들의 세계를 객관적으로 바라보고 공유할 수 있는 눈이었다. 같은 직업을 가진 사람들은 많이 있다. 그러나 자신의 경험을 《싫어 싫어 유치원》이라는 걸작으로 표현할 수 있었던 이 작가는 특별히 선택받은 사람이라고 생각한다.

아이 집단에 대해 더 이상 알아야 할 것이 없을 텐데도 여전히 애정을 갖고 세세하게 지켜봐주는 사람이 있다는 사실에 나는 감화되었다. 일본의 아이들이, 아니, 지구상의 모든 아이들이 사랑스럽게 느껴졌다.

《싫어 싫어 유치원》의 출현은(나는 잘 모르지만) 일본 아동문학사에 한 획을 그은 대사건이었다. 생명이 약동하는 싱싱한 거목이 갑자기 우뚝 솟은 격이었다.

그 무렵 아이들은 《싫어 싫어 유치원》을 엄마가 읽어주었거나 유치원에서 읽어 다 알고 있었다.

"그럼 이번에는 무엇을 신고 갈 것인지 정하기로 하자."

"우리가 먹을 물고기를 잡으려면 낚싯대가 있어야 해."

"고래를 잡아야 하니까 쇠로 된 낚싯대하고 지렁이를 많이."

모두 배에서 뛰어 내려 쇠로 된 낚싯대를 가지러 갔습니다.

쇠로 된 낚싯대는 무척 무겁기 때문에 세 사람이 들고 겨우 배에 실었습니다.

지렁이를 분유 깡통에 가득히 넣었습니다.

::

밥을 먹고 카드 놀이를 하고 있는 사이에 '코끼리와 사자호'는 마침내 바다 한가운데로 나갔습니다.

::

갑자기 하얀 파도 위로 산 같이 검은 몸둥이가 떠올랐습니다.

"앗, 고래다!"

::

그리고 등으로부터 바닷물을 힘껏 내뿜었습니다.

"우와, 큰일났다!"

::

"앗, 갑자기 어두워졌네. 폭풍우다!"

::

배 위에 탄 사람들은 그 때마다 튕겨 올라가기도 하고 굴러가기도 하였습니다.

::

"앗, 육지가 보인다!"

::

고래는 육지를 향해 전속력으로 달려갑니다.

::

튤립 유치원 아이들은 빨리 고래가 보고 싶어서 깃발을 만들고 기다
렸던 것입니다.

"어서 오세요. 어서 오세요."

::

고래가 받은 꽃다발은 굉장히 커서 장미반 아이들이 모두 들고 왔습
니다.

::

고래는 꽃다발을 얹은 머리를 모두에게 살짝 숙이고는 헤엄치기 시
작하였습니다.

《싫어 싫어 유치원》〈고래잡이〉, 나카가와 리에코 글, 오무라 유리코 그림, 이영준 옮
김, 한림출판사

아이들은 공상의 세계로 금방 빠져든다. 태연하게 시공을 날
아다닌다. 공상의 세계는 거짓도 사실도 아닌 참된 세계다. 그러

나 아이들의 상상력은 금세 산산이 흩어지고 결국은 흐지부지되고 만다. "이 바보, 멍청이" 하면서 싸움으로 번지기도 했다. 어느덧 저녁 해가 지고 "까마귀가 우니까 집에 가자"*라고 노래를 부를 때면 이미 아이들의 공상은 분자처럼 미세한 파편이 되어 하늘 가득 날고 있었다.

《싫어 싫어 유치원》은 튤립 유치원생들이 나무 블록으로 만든 배를 타고 넓은 바다로 나가 고래를 만나고 폭풍우를 견디고 자랑스럽게 다시 튤립 유치원으로 돌아오는 장대한 모험이야기이다.

나는 읽으면서 머나먼 옛날부터 같은 모습으로 존재했던 내면의 아이를 만났다. 쭈그리고 앉아 개여뀌 열매를 밥 삼아 함께 소꿉놀이를 했던 히사에짱의 머리 냄새가 되살아나는 듯했다.

네 살쯤 되는 남자 아이들의 보송보송한 팔을 차례차례 만지는 느낌이었다. 다키짱의 뺨에 난 솜털까지 보이는 듯했다. 고래의 커다란 꽃다발을 옮기는 여자 아이들 중에 교태를 부리던 그 아이도 있는 것 같았다.

《싫어 싫어 유치원》을 알았던 아이들은 마음먹고 어린 자신만의 시간을 살았다고 생각한다.

---

* 옛날부터 전해 내려오는 동요의 가사

이건 뭐, 천재다. 현실감 넘치는 묘사와 분방함, 그 세계 자체의 품격.

나는 《싫어 싫어 유치원》의 출현이 정말 반가웠다.

이 책은 아이들의 영원한 고전이 될 것이다. 세상에 나온 순간 이미 새로운 고전으로서의 품격이 느껴졌다.

그리고 그대로 되었다.

지금 30대 남자나 여자에게 물어보면 모르는 사람이 없다.

이런 것이 일본의 문화유산이다. 후지산 못지않다.

언제 읽어도 영원한 아이들의 세계.

반짝이는 빛 속에서 긴장을 풀고 다시 한 번 어릴 적 마음을 되찾는다.

영국에는 집집마다 사키* 단편집이 꽂혀 있다고 한다(거짓말일지도 모르지만). 나는 일본이 아이가 있든 없든 빛나는 지성과 유머를 담은 《싫어 싫어 유치원》을 한 권씩 갖고 있는 고급스러운 나라이길 바란다(진심이다). 이 보물, 단돈 1,200엔+소비세입니다.

---

* 1870년에 태어나 1916년에 사망한 영국 작가로서 단편소설의 대가로 꼽힌다.

✿ 아무것도 모른다

나는 아무것도 모른다. 아무것도 모른 채 죽어갈 것 같다. 마당에 풀이 무성하다. 엉겅퀴, 도라지, 큰까치수염…. 그 외에 두셋 정도 이름을 말할 수 있을 뿐 대부분 모른 채 끝난다. 아는 것도 이름만 알지 그 이상은 전혀 모른다.

하늘 가득 별이 반짝인다. 나는 우주에서 어떤 존재인지도 모른다.

거기 있는 것을 보는 것만으로 만족할 뿐 아무것도 모른 채 살아가고 있다.

지구상에서 살아가는 사람들에 대해 나는 아무것도 모른다.

러시아에 대해서도 나는 아무것도 모른다.

네 살 때 베이징의 노면전차 안에서 백인종 남자를 처음 보았다. 나는 깜짝 놀라 옆에 있던 아버지 옷을 잡아당기며 그 남자를 손가락으로 가리켰다.

아버지는 무서운 얼굴로 목소리를 낮추고 "사람한테 손가락질 하면 못써"라고 했다. 나는 부끄러워서 두 번 다시 그 남자의 얼굴을 볼 수 없었다. 사실은 너무 희한한 모습이라 하나하나 찬찬히 뜯어보고 싶었는데. 내가 처음 본 백인종은 베이징에 사는 러시아인이었다.

《바보 이반》이라는 동화를 어릴 때 읽었다. 이반은 러시아인이었다. 왜 '이반은 바보'라고 하지 않았을까 생각한 적도 있다. 어린 마음에는 《바보 이반》이 와라시베장자*의 주인공보다 스케일이 훨씬 크다고 생각했다. 나는 그때 러시아가 어디 붙어 있는지도 몰랐다. 그 즈음부터 나는 여러 나라의 동화와 민화 속에서 바보를 만나게 되었다. 어째서 세계 어느 나라에나 바보가 있는 걸까? 나는 바보가 왜 그렇게 좋았을까? 강하고 지혜로운 왕자보다 바보를 보고 있으면 안심이 되었다. 바보가 마침내 왕자로 변신하거나 하면 안심하는 마음과 불만 사이에서 괴로워하는 아이였다.

그 후에 톨스토이와 체호프를 읽었다. 도스토옙스키도 몇 권쯤 읽었다. 읽고 이해하기엔 너무 어린 나이에.

---

* 와라시베는 지푸라기라는 뜻인데, 주인공이 지푸라기 하나로 물물교환을 하다가 마지막에 집을 얻어 부자가 된다는 내용의 일본 민담이다.

참으로 고생스러운 독서였다. 장황한 이름에 가운뎃점이 두 개나 세 개 붙어 있다. 게다가 애칭까지 있다. 러시아 소설을 읽을 때는 종이와 펜을 옆에 놓고 이름과 계보를 기록해야 했다. 그래도 역시 혼란스럽고 결국엔 엉망진창이 되었다. 지명은 아름다웠다. 모스크바, 페테르부르크. 페테르부르크가 레닌그라드가 되었을 때, 나에게 그곳은 이미 다른 땅이었다. 사모바르*의 실물을 보기까지 수십 년간 나는 사모바르가 뭔지 몰랐다. 사모바르는 멋진 물건이었다. 하지만 나는 사모바르를 사용한 적이 없다. 그러니 아무것도 모르는 것과 마찬가지였다.

체호프의 연극을 몇 번 감상했다. 일본인 배우가 러시아인이 되어 말을 하고 움직였다. 〈갈매기〉 마지막 장면에서 젊은 여자가 "저는 갈매기예요!!" 하고 울부짖을 때 무척 부끄러웠는데, 왜 부끄러운지는 모르겠고 그냥 한없이 부끄러워지는 것이었다. 더구나 몰락해가는 귀족 계급의 슬픔 따위 귀환자인 나는 아무래도 공감하기 어려웠고 극장을 나설 때는 불끈 화가 치밀기까지 했다. 러시아인 친구가 한 명도 없으니 살아 있는 러시아인이 어떤지는 모른다. 체호프나 도스토옙스키의 등장인물이 기차 옆자리에 앉은 타인과도 속마음을 터놓고 열정적으로 이야기하거나 큼직한

---

* 러시아 가정에서 물을 끓이는 데 사용했던 주전자

장화를 신고 성큼성큼 들어오는 모습에 나는 기겁을 했다. 소설이기 때문일까? 만들어낸 이야기일까? 나는 아무것도 모른다.

학생시절에 릴케를 읽었다. 서간집 중에서도 루 안드레아스 살로메를 향한 편지는 유독 뜨거웠다. 거의 《말테의 수기》와 맞먹는 영혼의 부르짖음이었다. 편지라기보다 작품이었다. 릴케는 계속 슬라브적인 것에 끌렸는데, 러시아인인 살로메가 릴케를 열심히 러시아로 끌어들였기 때문이다.

릴케가 러시아에 가지 않았더라면 맛볼 수 없었을 '슬라브적인 것'이라는 단어가 내 안에 남았다. 과연 릴케가 러시아에 가서 체험한 슬라브적인 것이 그의 영혼에 어떤 빛과 그늘을 남겼을까? 나는 모른다. 러시아에 대해 나는 아무것도 모르고, 게다가 소련에 대해서는 더 모른다. 신문이나 TV 보도 외에는. 소련이 붕괴한 후, 내가 과거에 보고 들었던 보도는 아무것도 아니게 되었다.

그 후엔 미할코프 감독의 열성팬이 되었다. 체호프의 원작을 몇 편 모아서 만든 영화를 보고 울었다. 귀족이든 농민이든 사람들은 우스꽝스럽게도 열심히 살아왔다. 어느 나라 사람이든 마찬가지였다. 사람은 모두 똑같았다(연극 〈갈매기〉는 왜 그렇게 부끄러웠을까).

저마다 무엇과도 바꿀 수 없는 자기 인생을 살고 있다. 그 사실이 나에게 전달되었고, 나는 머나먼 나라 사람들의 삶에 공감했다. 어느 나라 사람이든 좋다. 아무것도 몰라도 좋다는 걸 알았고, 모든 걸 아는 건 불가능하다는 걸 알았다. 아는 것에만 반응하며 살아가는 것조차 쉬운 일이 아니었다.

다나카 야스코 씨에게 마브리나(Татьяна Маврина)의 그림책을 세 권 선물 받았다.

글을 쓴 코발(Юрий Коваль)은 현재 러시아에서 가장 높이 평가받는 아동문학가라고 야스코 씨한테 몇 번이나 들었다.

《눈》

이 얼마나 '러시아'다운 그림책인가? 온통 하얀 세계에서 겨울을 사는 생물과 인간들. 내게 러시아는 아득히 먼 세상이었다. 나는 이 그림책을 보고, 눈으로만 덮인 겨울철 러시아를 몰랐던 건 행운이라고 생각했다. 아무것도 모르는 내게 하얀 러시아가 이런 식으로 다가오다니, 얼마나 큰 행운인가?

알지 못하는 것에 대해서는 상상의 나래를 펼치게 된다. 나는 얼마든지 미지의 러시아를 꿈꿀 수 있다. 썰매를 타고 노는 아이들의 그림을 하염없이 보고 있었다. 땅이 하얗고 지붕도 하얗다. 전나무에도 눈이 잔뜩 쌓여 있다.

이목구비도 없는 아이들이 씩씩하게 뛰어노는 모습이 이토록 즐거워 보이다니.지

나를 압도한 것은 기쁨이었다. 하얀 세계가 내게 기쁨을 선사했다.

'얼음 구멍'의 근사한 파랑. 살찐 말이 내 쪽으로 달려온다. 검은 귀를 쫑긋 세우고, 분명 코로는 하얀 숨을 내뿜으며, 새하얀 길을 또각또각 씩씩하게 걷는다. 고요한 세상에 살찐 말의 발굽 소리만 들린다. 새하얀 빛의 발광체 같은 숲. 봄이 되니 하얀 세계는 사라진다. 그러나 내 안의 크고 깊은 기쁨은 사라지지 않았다. 눈물이 희미하게 번졌다. 배꼽 아래쪽에 밀어놓고 오랫동안 잊고 있었던 살아갈 희망이 마치 빛나듯 되살아났다.

세계는 아름답다. 내 마음이 아무리 가난해도 세계는 아름답다.

나도 다시 한 번 살 수 있을지도 모른다. 마브리나가 이 그림을 그린 건 아흔이 넘어서였다. 마브리나가 기적의 사람이라 할지라도 나는 기쁨에 압도되지 않을 수 없었다.

기쁨에 압도된 나는 얼마나 행복한가?

하얀 겨울을 90번 이상 살았던 러시아의 마브리나밖에 그릴 수 없는 그림이지만, 여기 이 머나먼 일본에도 하얀 세계는 그대로 전달되었다.

천천히 천천히 몇 번이나 코발의 글을 읽었다.

코발과 함께 새하얀 눈 속에서 웃으며 찍은 사진을 야스코 씨가 보내준 적이 있다. 생기 있고 힘차게 웃을 줄 아는 멋진 사람이었다. 그 후 갑작스레 코발이 죽었다며 원통하여 가슴이 찢어진다는 야스코 씨의 편지가 도착했다.

"당신과 만나게 해주고 싶었는데"라고도 적어주었다.

지금 다시 코발의 글을 읽는 나도 원통하고 분하다.

이토록 애석한 이유는 내가 코발을 만나지 못했다는 사실보다 나와 같은 나이인 코발이 너무나 일찍 이 지상의 생물들과 헤어져야 했다는 사실 때문이다.

코발이 본 풀, 만진 풀, 향기, 떼까마귀를 향해 음매 우는 소, 하얀 눈의 러시아, 그리고 나풀거리는 나비, 바람, 하늘, 가만히 귀기울이는 숲. 얼마나 많은 친구들이 코발의 부재를 쓸쓸하게 여길까?

코발과 나는 무척 가까이 있었다. 야스코 씨라는 최고의 친구를 사이에 두고.

🌿 가슴 뛰게 하는 마쿠라노소시

고등학교 때 일본사 진도가 헤이안시대(8~12세기)까지 나갔을 때 역사 선생이 《마쿠라노소시》*를 가차 없이 깎아내렸다. 열일곱 살인 우리와 다섯 살밖에 차이가 안 나는 신임교사였다.

그는 《겐지 모노가타리》를 높이 평가했다. 1000년도 더 된 옛 날에 그만한 문학을 낳은 일본이 나도 자랑스럽다. 하지만 선생이 《마쿠라노소시》를 비하하며 "단순한 작문 수준이다, 하찮은 자랑 만 늘어놓았다, 뭐가 좋다든지 싫다든지 그게 중요하냐"고 빈정거 릴 때마다 자꾸만 삐딱한 시선으로 바라보게 되었다.

우리는 신임교사가 새로 부임한다는 소문을 듣고 잔뜩 기대 했었다. 왕자가 나타날 줄 알았는데 우리 눈앞에 나타난 것은 허

---

* 일본의 대표적인 고전문학 작품. 헤이안시대 중기에 천황비를 보필하던 세이 쇼나곤이 라는 궁녀가 궁중 생활을 바탕으로 쓴 수필이다.

리를 흔들며 새된 목소리를 내는 희멀건 새끼 돼지 같은 젊은 남자였다.

고전 첫 수업이 《마쿠라노소시》였다. 고전 담당교사는 젊고 예쁜 30대의 여선생이었는데, 교과서를 펼치자마자 "봄은 동틀 무렵. …보랏빛 구름이 가늘게 떠 있는 풍경이 멋있다"까지 단숨에 읽는 것이었다. 다들 고개를 숙이고 킥킥 웃는 바람에 웃음을 참는 듯한 묘한 소리가 교실에 가득했다.

선생은 꿈쩍도 하지 않고 "여름은 밤…" 하고 계속 이어갔다.

우리는 그때 고문을 낭독하는 걸 처음 들었다.

낭독은 그저 단조롭게 읽기만 하면 되는 거라고 생각했다.

선생은 '봄은 동틀 무렵'으로 시작되는 단을 마지막까지 내리 읊었다.

교실이 고요해졌다.

"흰 재로 변해버려 좋지 않다"까지로 선생의 목소리가 끊겼을 때 모두 멍하니 넋이 나간 채였고 한동안 침묵이 이어졌다.

《마쿠라노소시》를 어디까지 배웠는지는 잊었다. 《겐지 모노가타리》도 "태풍 같은 세찬 바람이 불어와 갑작스레 쌀쌀해진 저녁 무렵…"은 기억나는데 어디까지 했는지는 분명하지 않다. 기본적인 교양만 쌓았다고 생각하면 될까?

"강물은 끊임없이 흐른다. 그 물은 원래 흐르던 물이 아니다"*

도 잊지 않았으니 소리 내어 몇 번이나 합창했을 게 분명하다. 선생의 목소리에 맞춰.

고등학교를 졸업하던 해에 세상은 사르트르와 보부아르의 시대였다. 나는 뭘 몰랐고 모르는 걸 자각하면서도 읽었다.

모른다는 사실을 고백하긴 힘들었다.

솔직히 말하면 나는 보부아르가 싫었다. 너무 씩씩해서 싫었다. 자전거로 긴 여행을 하던 중에 넘어져서 치아가 볼에 박혔는데도 강철 같은 의지로 여행을 계속한 여자다. 너무 강해서 밉기까지 했다. 내게는 강철 같은 의지도 지적 향상심도 없고 사상 같은 것도 머리에 넣고 다니지 않았다. 게다가 독서는 서양문학에만 쏠려 있었다. 고등학교를 졸업한 후의 내가 사는 세상에는 일본의 고전 따위 없는 것과 마찬가지였다.

서른 넘어 고전문학전집을 샀다. 어느 출판사든 첫 권이《겐지 모노가타리》였다. 요사노 아키코의 현대어역본도 같이 사서 두 권 나란히 펼쳐놓고 눈알을 좌우로 굴리며 독파했다.

이건 뭐 어느 호색한에 관한 이야기가 아닌가 생각했지만 솔직한 속마음은 아무에게도 누설하지 않았다. 젊은 시절의 독서는

---

* 가마쿠라 시대를 대표하는 고전문학인《방장기》의 한 구절

허영심이다.

왜 그런지 히카루 겐지가 남자라는 생각이 도무지 들지 않았다. 이 역시 누설하지 않았다.

나는 스에쓰무하나*를 조롱하는 게 너무 싫었다.

겐지는 허다한 여자에게 정을 줬지만 누구 하나 행복하게 해주지 못했다. 와카무라사키**도 질투에 괴로워하다가 짧은 생애를 마쳤다.

그리고 《마쿠라노소시》를 읽었다.

세이 쇼나곤은 뛰어난 현실주의자이다. 그녀는 영상미가 느껴지는 글을 쓴다. 겨울 아침의 타고 남은 재가 내 눈에도 보였다.

그리고 순진하다 싶을 만큼 솔직하다.

눈이 내린다고 가난한 오막살이집이 아름다워 보인다면 뻔뻔한 것이라는 부분에선 웃고 말았다.

사람들이 우왕좌왕하는 장면에선 그 소리나 불안정한 모습까지 눈에 보이고 귀에 들렸다.

요즘 맥이 풀린 건 "남에게 대접받지 못하는 것. 나이 든 모친"

---

* 여성편력이 심한 겐지가 동침했던 수많은 여인 중 한 명. 그녀의 추한 외모가 웃음거리로 희화화되었다.

** 작품 전체를 통틀어 가장 아름다운 여인이자 겐지가 총애했던 아내로 그려진 인물

이라는 참혹한 구절 때문이다.

　내가 가장 좋아하는 부분은 귀여운 소녀가 딸기를 입에 무는 순간의 사랑스러운 장면인데, 본 적도 없는 헤이안시대의 단발머리 소녀가 언제든 눈앞에 훌쩍 나타날 것만 같다.

　《겐지 모노가타리》가 최고의 문학이라는 사실에 이견은 없다.

　하지만 나는 지금도 여름 저녁의 비 냄새가 눈앞에서 선명하게 피어오르는 《마쿠라노소시》가 좋다.

　그리고 그 고전 과목 선생도 참 좋았다.

🍃 책은 훌륭하니,
사랑하라 소녀여*

　나는 일생의 대부분을 활자를 읽으며 지냈다. 일한 시간보다 가사노동을 한 시간보다 글자를 보고 있었던 시간이 압도적으로 많았지만, 다 잊어버렸다. 요즘은 점점 더 잊는다. 마치 배경음악처럼 머리를 스쳐지나갈 뿐이다. 장르도 뒤죽박죽. 내 안에서 유행되었다가 제멋대로 끝나고, 한 작가의 책만 닥치는 대로 읽다가 또 다음 작가를 찾아 방랑한다.

　지금 후회하고 있다. 젊을 때는 활자 안의 청춘이 아닌 살아 있는 청춘을 즐겼어야 했다. 천 권의 책 속의 연애보다 단 한 번이라도 온몸으로 경험하는 연애가 훨씬 더 풍요롭다. 현실 연애에 돌입한 순간, 아름다운 사랑 이야기 따위 이 세상에서 소멸했다.

＊ 1915년에 발표되어 크게 유행한 〈곤돌라의 노래〉의 가사 첫줄인 '생은 짧으니, 사랑하라 소녀여'를 패러디한 것으로 여겨진다.

시시한 책을 만나면 얼마나 시시한지 알아보려고 끝까지 읽었다. 읽으면서 욕하는 게 좋았다. 훌륭한 책을 읽으면 다른 사람에게 공감을 얻고 싶어 억지로 빌려주었다. 그래서 훌륭한 책은 내 수중에 없다. 누구한테 빌려줬는지 잊어먹기 때문이다.

되돌아보면 나는 책으로 이루어진 꿈속의 섬에 서 있었던 것 같다. 내 인생도 섬처럼 보인다. 과거에 빛났던 시절도 내려 쌓이는 시간 속에 묻혀 어스레해졌다. 예순일곱쯤 되면 그런 생각이 드는 것도 당연하겠지.

나는 바른 자세로 책을 읽은 적이 없다. 어릴 때는 등에 동생을 동여맨 채 다다미에 배를 깔고 엎드려 읽었고, 어른이 되어서는 전철 안에서, 혹은 스파게티를 삶으며 읽었다. 대부분의 책은 이불을 뒤집어쓰고 침대에서 읽었다.

지금 할머니가 되어 하루 종일 침대 안에서 책을 읽으니, 아~ 정말 행복하다. 내겐 단 하나의 쾌락이었다. 그래서 나는 늘 행복했다.

책을 읽어도 똑똑해지진 않는다. 마오쩌둥은 말년에 녹색 곰팡이가 치아에 슬었을 정도로 큰 침대에 책을 흩어놓고 침상에서 나오지 않았다고 한다. 그 말을 듣고 소름이 끼쳤다. 더럽잖아. 청소년들이여, 열심히 놀아라. 그리고 사랑하라 소녀여!!

● 최고의 한 권

《좀머 씨 이야기》(파트리크 쥐스킨트)

한가롭고 평화롭고 조용한 마을에 사는 소년의 나날, 어린 사랑. 그 뒤로 배낭을 짊어진 좀머 씨가 부리나케 걸어 다닌다. 매일, 총총…총총…. 내 인생에 단 한 권을 들라면 단연 이 책이다.

● 추천하고 싶은 다섯 권

《나라야마 부시코》(후카자와 시치로)

야마나시 현 주민들의 추잡함과 인간이라는 존재의 대단함과 아름다움. 같은 작가의 《분재 노인과 그 주변》도 잊을 수 없다. 나의 뿌리는 야마나시, 아버지 고향은 어린 아이들마저 후카자와 시치로 스타일이었다.

《헤이케 모노가타리》

언제 읽든 어느 구절을 읽든 훌륭하며, 슬프고도 늠름하다. 화려하고 패션이 엄청 현대적이다. 모든 소시민이 호걸이었다. 요양원에서 죽는 건 싫다.

《나는 뎃페이》(지바 데쓰야)

지바 데쓰야의 만화는 무모하면서도 태평스럽다. 작가가 마지막에 수습이 안 되어 그냥 내팽개치는 게 좋다.《노타리 마쓰타로》의 가슴 큰 할멈이 되고 싶다.

《인간임종도권》(야마다 후타로)

인간은 태어날 땐 거의 똑같지만 죽을 때는 모두 다르다. 유명인의 죽음을 모은 도감. 너무 재미있어서 명절 선물로 보낸 적도 있다.

《아방열차》(우치다 핫켄)

역에서 파는 도시락 뚜껑에 붙은 밥풀을 떼는 것으로 시작하여 먹는 것으로 끝나는 여행기에는 놀랐다. 특별할 것 없는 일상을 천년만년 질질 끌며 살고 싶어진다.

책 처리법

나는 취미가 없다.

운동이라도 조금 해서 몸을 단련시켜야겠다고 생각한 적은 있다. 테니스를 시작한 날, 얼굴을 향해 날아온 공을 라켓으로 받았다가 얼굴에 거트의 격자무늬가 숯불구이판처럼 남아 주위 인간들이 대단히 기뻐했다. 나는 라켓을 말끄러미 바라보며 코트에서 나왔다. 스키도 딱 한번 타러 간 적이 있다. 경사면을 타고 아래로 내려가야 하는데 왜 그런지 나는 뒤쪽으로 자꾸 밀려올라갔다. 신기한 재능도 있다.

비디오 대여점에서 한 번에 영화 일곱 편을 빌려 이틀 만에 봤다. 아무리 노력해도 배우 이름을 기억할 수 없었다. 해리슨 포드와 케빈 코스트너가 구별이 안 되었다. 노화가 진행되면서 더 어려워졌는데, 본 영화 수는 늘어도 머릿속이 정리되지 않아 영화 마니아와 이야기가 술술 통하진 않았다. 그래서 어릴 때부터 누워 뒹굴며 책만 읽었나보다.

가난한 일본이 전쟁을 거치는 동안 내 인생이 시작되었고, 가난한 일본에도 가난한 우리 집에도 책은 턱없이 부족했다. 나는 엄마가 감춰뒀던 〈리버럴〉이라는 이름의 카스토리 잡지*를 벽장 속에서 읽다가 기분이 나빠졌고, 한동안 엄마가 징그러워 미칠 것 같았다. 그땐 책은 사는 게 아니라 빌리는 것이었다. 교실에 위인전이 두세 권 있었는데, 노구치 히데요**를 교실 구석에서 읽다가 밤이 되는 줄도 몰랐다. 오빠가 《여섯 손가락의 남자》라는 만화책을 빌려왔다. 난생 처음으로 흥분했다. 게다가 몇 권이나 되었다.

여섯 손가락의 남자는 범죄자라도 사실은 좋은 사람이었다. 무척 슬픈 책이었다. 한 번 더 읽어보고 싶다. 내 머릿속엔 카스토리 잡지든 《노구치 히데요》든 《여섯 손가락의 남자》든 모두 같은 선상에 나란히 존재한다. 올바른 독서 교육을 받지 못한 내게는 지금도 모든 책이 그렇다. 연예계를 폭로한 서적이나 《책 읽어주

---

* 제2차 세계대전 후 종이에 대한 규제가 풀리면서 가장 먼저 범람한 것이 에로잡지였다. 이 잡지들은 내용이 저급하여 3호 정도에서 폐간되는 일이 많았는데, 당시 유행했던 공업용 알코올을 술에 섞은 카스토리주를 3홉 이상 마시면 쓰러진다는 데에서 '카스토리 잡지'라는 명칭이 생겼다. 1946년에 창간된 〈리버럴〉이 제1호이다.
** 일본의 세균학자로서 천 엔 권 지폐 초상화의 주인공이다. 노벨상 후보로 아홉 번이나 거론되었을 정도로, 일본이라는 지리적 맥락을 벗어나 활약한 인물이었다.

는 남자》나《성서》나《겐지 모노가타리》나 서로 구별도 차별도 하지 않는다, 아니, 할 능력이 없는지도 모른다.

책을 빌려서 읽는 시기는 내가 사회인이 되어 돈을 벌 때까지 줄곧 이어졌다.

아마 나는 책을 소유하고 싶었던 것이리라. 하지만 책을 빌려 읽는 것도 정말 멋진 일이다. 책은 내 손에 남지 않는다. 빌린 건 돌려줘야 하니까. 그러면 책이 좁은 주거 공간을 독점하는 일도 없다.

일본이 조금씩 풍요로워짐에 따라 나도 내 책을 소유할 수 있게 되었다.

첫 월급으로《릴케 전집》1권을 구입하고, 은빛이 감도는 작은 보라색 책을 매달 하나씩 늘려갈 때의 기쁨을 잊을 수가 없다. 그래도 좋아하는 책을 원하는 만큼 사기는 힘들었다. 헌책방을 어슬렁거렸다. 나카노의 헌책방 아저씨는 내가 높은 곳에 꽂힌 책을 가리키면 "높은 데 있는 건 귀찮아" 하며 팔 생각이 전혀 없는 듯이 굴었다.

알렉산드리아 4부작은 그 가게에서 샀다.

일본 괴담 전집의 제4권도 같은 가게에서 구입했다. 4권밖에 없었다.

《패니 힐》의 출판 금지 결정이 내려진 날, 나는 이른 아침부터 그 가게로 달렸다. 출판 금지의 이유였던 야한 부분을 읽고 싶어서였다. 아저씨는 내 품성을 꿰뚫고 "그런 걸 팔면 내 손목에 쇠고랑을 차게 돼. 자네 같은 젊은 여자가 읽을 책이 아니야"라고 했다. 아저씨는 굉장히 세세한 부분까지 알고 있었다. "일본에 나와 있는 건 원작의 3분의 1뿐이야. 가마쿠라에 사는 의사가 전쟁 전에 번역한 책이래. 출판이 금지됐으니 실망이 이만저만이 아닐 거야. 꼭 읽고 싶다면 하네다에 있는 책방에 한번 가봐. 원서가 있을 거야. 노란색 표지인데, 그리 어려운 영어는 아니야." 그러면서 집 안으로 들어가더니 "자, 여기서 샀다고 하면 안 된다"라며 출판이 금지된 책들을 꺼내주었다. 나의 좁은 아파트에 책장이 조금씩 늘어갔다. 그 무렵까지 나는 책을 버릴 수 있다는 생각조차 하지 못했다.

어쨌거나 취미가 없는 사람이라 책만 늘어갔다.

집을 지을 때 절벽 밑을 파서 서고를 만들었다. 책은 쌓여갔다. 그 서고에 들어가 본 어떤 이가 "시시한 책만 잔뜩 있네" 하고 비웃었다. 당연하다, 《노구치 히데요》랑 《여섯 손가락의 남자》랑 카스토리 잡지를 동일시하는 인간이다, 내용물이 고급일 리가 없다.

취미도 없고 술도 안 마시는 나는 책만큼은 원하는 대로 살 수 있었다. 책은 계속 늘기만 했다. 어쩔 수 없이 책을 골판지상자에 담아 헌책방에 팔러 갔다.

"만화책이랑 문고본만 사요"라며 다른 책은 귀찮기만 하다는 듯 거의 돈을 지불해주지 않았다.

생각해보면 나는 연구하는 사람도 아니고 교양 있는 사람도 아니다. 읽은 책을 다시 읽는 경우가 거의 없다는 걸 그제야 깨달았다.

정말로 필요한 땐 도서관에 가면 된다. 나는 다 읽고 나서 친구한테 "이 책 줄게, 안 돌려줘도 돼"라고 말하게 되었다.

그러자 친구도 자기 책을 건네며 "이 책 줄게, 안 돌려줘도 돼"라고 한다. "둘 데가 없어"도 똑같다.

"이 책은 돌려줘"라는 책은 나 역시 돌려주고 싶지 않은 책이었다.

나는 활자만 읽으면 되는 사람이라는 걸 깨달았다. 젊은 애들이 듣지도 않으면서 계속 음악을 틀어놓는 것과 마찬가지, 그러니까 배경 음악 같은 것이다.

읽어도 바로바로 잊어버린다. 그런데 책은 읽어보지 않으면 모른다. 열 권을 읽으면 '아아, 읽길 잘했다'라고 생각하는 책보다 '뭐, 일단 읽었군'이라든가 '아아, 돈 아까워' 하고 생각하는 쪽이 더 많다.

1년에 한 권이라도 '아아, 훌륭하다. 세상은 역시 한없이 아름다워. 살아 있길 잘했다. 이 책은 다른 사람한테 빌려주기도 아깝다'라는 책을 만나면 운이 좋은 편이다. 요즘은 3년에 한 권 정도 만난다.

도서관에 기증하러 간 적도 있다. 아동서만 받아주었다. 나는 결국 끈으로 묶어 쓰레기로 내놓았다.

참담한 기분이었다. 내 책도 누군가가 쓰레기로 버리겠지.

일전에는 다 읽은 책을 헌책방에 들고 가 한 권에 100엔짜리 책이 쌓여 있는 카트 위에 올려놓고 왔다.

나는 책을 읽어도 아무 도움이 되지 않는 인간이다.

인격이 고급스러워지는 것도 교양이 깊어지는 것도 아니다. 그때 그때 놀라고 싶을 뿐이다. 내가 책을 읽는 이유는 나의 변변찮은 경험이 아닌 타인의 귀중한 경험을 나눠 받기 위해서이고, 보통 사람에겐 없는 재능을 접함으로써 나의 가난한 마음을 잊고 싶기 때문이다. 오늘은 빨간 재능에 푹 잠긴 채 빨간 눈으로 세상을 둘러보고, 내일이면 파란 재능에 물들어 '와, 세상이 이렇게 파랗구나' 감탄할지도 모른다. 아마 모레는 시커먼 책을 읽을 것이다. 그렇게 책은 쌓여간다. 자꾸자꾸 쌓여간다. 성가시다. 집이 좁다.

일전에 친구가 "코란은 정말 굉장해. 신이 벌컥 화를 낸다? 신은 다 꿰뚫어보노라, 시키는 대로 하지 않으면 너희는 지옥에 떨어지노라, 버럭, 버럭, 너희가 무슨 짓을 하는지 신은 모두 알고 있노라, 버럭, 버럭. 코란의 신은 전혀 자비롭지 않아. 게다가 마호메트는 마마보이야. 연상의 아내 무릎에 기대어 훌쩍훌쩍 울기도 해. 그걸 읽으면 인간 세상의 전쟁은 영원히 끝날 것 같지 않다니깐. 인간은 다 똑같다는 것도 새빨간 거짓말이야" 하고 손짓 발짓에 우는 흉내까지 내며 일러주었다. "코란도 팔아?" "응, 이즈쓰 도시히코* 저작집에 들어 있어. 만담 형식이라 이해하기 쉽더라. 그런데 좀 비싸." 1만 엔 정도 했다. 쌓아놓으면 20센티 이상 된다. 그러나 나는 그녀처럼 술술 이해되진 않았다. 신이 정말 두렵긴 한데, 대체 뭘 원하는 분인지 모르겠다. 무엇이 정의인지 악인지도 모르겠다. 이 신은 기독교와 사이가 나쁜 것 같다. 불교는 걷어차고 짓밟고 무시해도 태연한 것 같고. 아무튼 글자가 빽빽하다. 한 줄 이해하는 데 시간이 많이 걸린다. 그러나 나는 지금 평안하다. 독파하는 데 시간이 걸리니, 버리는 책도 적어질 것 같다. 그나저나 기독교든 불교든 이해하지 못하는 내가 코란을 읽어서 어쩔 셈일까? 아마 아무것도 모를 것이다. 취미가 시간 때우기이니 어쩔 수 없지만.

---

* 1914년생의 언어학자이며 신비주의 철학자로서 일본 최초로 《코란》을 번역했다.

그런데 책을 읽으면 모르는 것이 더 많아진다. 사람들은 거의 아무것도 모른 채 죽어간다.

🌿 릴케에 빠져

대체 청춘이란 언제부터 언제까지를 말하는 것일까? 나에게 청춘이란 가난했던 시절이고, 생각하면 복장이 터지도록 분한 마음으로 가득하다. 가난 자체가 싫었던 건 아니다. 그에 얽힌 분한 경험이 분하다.

책은 사서 읽은 적이 없었다. 늘 다른 사람에게 빌려 읽었다. 모두 저마다 가난했다. 가난에도 정도가 있어서 나는 빌리기만 하는 쪽이었다. 대학 1학년 때 친구가 얇은 문고본을 갖고 있는 걸 보았다. 그 무렵 문고본은 이와나미 문고밖에 없었다. 표지를 보니 릴케의《말테의 수기》였다. 내가 "빌려줘"라고 했을 때, 그 여자가 나를 힐끗 보며 "너도 사"라고 했다.

고작 80엔 정도의 책이었다. 매점에서 담배를 낱개로 팔기도 했는데, 그 당시 이코이* 두 개비가 5엔이었다. 담배 두 개비를 사는 남학생을 보면 딱하기도 하고, 왠지 얕보게 되기도 하고, 연대감 같은 감정이 솟아나기도 했다. 돈은 대단한 것이다.

"너도 사"라고 한 여자의 심술에 상처 입은 건 아니었다. 고급 원단과 섬세한 바느질이 느껴지는 타이트스커트와, 마음에 드는 블라우스를 찾기 위해 긴자를 며칠이나 돌아다녔다는 그 여자의 풍족한 환경과, "네 치마는 왜 엉덩이 부분에 주름이 져? 아하하!" 하고 웃을 수 있는 무심함에 내 얼굴이 빨개졌을 뿐이다. 어느 날 그 여자가 도시락을 열자마자 "엄마는 참. 내가 싫어하는 거 알면서" 하고 닭고기 오븐구이를 쓰레기통에 던졌을 때 나는 달려가 주워 먹고 싶었다.

벨트 대신 가는 노끈으로 지저분한 바지를 묶고 다니는 남학생도 있었고, 버스비 10엔이 없어 걸어 다니는 남학생도 있었다. 동병상련이라며 돈을 빌려주는 같은 고향 친구도 있어서 가난했지만 매일매일이 밝고 즐거웠다. "너도 사"라는 한마디 때문에 《말테의 수기》가 내 욕망의 대상이 되었을 뿐이다. 어디서 어떻게 입수했는지, 헌책방에서 20엔 주고 샀는지 기억은 나지 않지만, 나는 불타오르듯 릴케에 열중했다. 시집도 구입했다. 물론 이와나미 문고였다. 릴케는 굉장한 시인이었다. 난해하다고들 하지만 나

---

* 1956년부터 판매된 담배 상표명. 1960년에 필터 담배인 '하이라이트'가 등장하면서 판매량이 급감하여 1974년에 생산이 중단되었다.

는 전혀 난해하지 않았다. 릴케가 내게로 스르르 들어왔다. 나는 릴케에 푹 빠져들었다.

앨범 재킷을 디자인하는 과제가 있었다. 과제를 늘 같이 하는 남학생이 나에게 수채화로 추상화를 그리게 한 후에 가는 펜으로 문자를 여기저기 써넣었다. "좀 더, 좀 더" 하고 그가 요구했다. 나는 아이디어가 떨어질 때마다 릴케의 시집 한 줄을 읽고 쓱쓱 그림을 그렸다. 어느 한 줄이라도 쓱쓱 그림이 나왔다. 우리는 결과물에 무척 만족했다. 교수에게도 칭찬받았다. 그가 "얘는 참 대단해. 릴케 읽고 그림을 그려"라고 떠벌였다. 나도 '내가 정말 대단한가?'라며 속으로 흐뭇해했다. 졸업 후 첫 월급으로 야요이쇼보(彌生書房)에서 나온 귀여운 판형의《릴케 전집》을 샀다.

릴케의 사진을 보았다. 눈빛만 이글거리는 것이 이런 남자와는 사귀고 싶지 않았다. 릴케를 키운 루 안드레아스 살로메라는 연상의 여자도 알게 되었다. 매부리코의 우락부락한 여자였다. 그녀는 니체도 키웠고, 그 후에 프로이트와도 사귄 모양이었다. 일본에는 없는 엄청난 지성을 소유한 여자였다. 릴케의 서간집 속에서도 그녀에게 보내는 편지는 유독 정열에 불탔다. 그 편지만으로도 하나의 작품이었다. 서간집에 탁시스 부인에게 쓴 편지가 있었는데, 그녀 역시 연상의 귀족 부인이었다. 릴케는 이 여자에게도 지원을 받은 모양이었다. 스폰서라고 해야 할까? 릴케가 점점 연상의 여자에게 접근하는 발육 부전의 계산만 빠른 응석받이 이미지로 다가왔다. 장미 가시에 찔려 죽었다는 설도 뭔가 사기 같았다.

학생시절에 외국문학을 많이 읽었다. 나뿐만이 아니라 친구들 사이에서도 사르트르나 보부아르가 유행이었다. 내겐 러시아든 프랑스든 다 똑같이 멋진 외국이었다. 러시아나 프랑스 문학은 가난뱅이 이야기마저 수준 높아 보였다. 불륜은 안나 카레니나나 보바리 부인 같은 사람이나 하는 걸로 알았다. 소세키의 《그 후》와 《문》도 불륜 이야기인데 내 머릿속에서는 같은 종류로 묶이지 않았다.

아이를 낳은 후 생활 속에 섞여갔다. 그래도 취미가 없으니 아이를 업고도 책을 읽었다. 책을 읽어도 교양이 쌓이지 않았다. 읽는 족족 잊어버렸다. 그냥 배경 음악일 뿐이었다. 소세키를 마흔 넘어 다시 읽고 깜짝 놀랐다. 중학생 때 뭘 알았을까? 시간 낭비였다.

릴케? 그런 게 있었던가? 젊을 때 읽었던 문학 따위 읽지 않은 거나 마찬가지였다. "너도 사"라고 말한 여자는 내 마음에 빨간 얼룩을 남겼지만, 두 평 남짓한 방에서 땀을 뻘뻘 흘리며 릴케의 한 문장으로 그림을 그리고 과제를 함께 만든 친구와의 치열했던 시간은 역시 무엇과도 바꿀 수 없는 나의 청춘이었다. 그런데….

"나 언젠가 무서운 인식의 끝에 서서, 화답하는 천사를 향해 환호와 찬미의 노래 크게 부르게 되기를."(릴케의《두이노의 비가》중)

이 문장에서 나는 어떤 영감을 얻었던가? 지금 읽어도 모르겠다.

❋ 《여섯 손가락의 남자》는
어디에 있나

아소 총리가 '미조유우(未曾有)'를 '미조우유우'로 발음한 후로 눈 깜짝할 사이에 15만 부 팔린 책이 있다. 사촌언니가 사왔다.

《읽을 수 있을 것 같은데 읽을 수 없는 틀리기 쉬운 한자》라는 장황한 제목이다.

10페이지 정도까지는 "아소는 바보야" 하고 비웃다가 어느 순간부터 입을 꾹 다물게 되었다.

瑞摩憶測 – 뭐야, 이건. '시마오쿠소쿠'라 읽고 어림짐작이라는 뜻이라고 한다.

黜陟 – 춧쵸쿠 – 실적이 없는 자를 물러나게 하고, 있는 자를 등용한다.

野生과 野性도 다르다.

나는 한자를 모르겠으면 전부 히라가나로 쓴다. 출판사가 창피를 당하면 안 되니 편집자가 알아서 고친다. 송구스럽다.

전혀 읽을 수 없는 페이지는 건너뛰면서 한자의 다양성에 감탄하는 동안, 외래어에 한자를 만들어 붙인 선조들의 노고와 지혜의 결정이라 할 만한 단어를 발견했다.

提琴은 바이올린, 洋琴은 피아노, 口風琴은 하모니카, 自鳴琴은 오르골.

克利奧佩特剌 — 알겠나? 클레오파트라다.

人肉質入裁判 — 베니스의 상인 — 탁월하다. 아소가 틀려준 덕분에 무척 즐거웠다.

나는 어릴 때부터 글자를 좋아했다. 그 당시 화장실 휴지는 신문지를 재생하여 만든 뻣뻣한 회색 종이였는데, 종이에 다 녹지 않고 군데군데 남은 활자를 발견하면 무척 기뻤다.

전쟁이 끝났을 때 우리는 다롄에 있었다.

전쟁이 끝남과 동시에 중국에서 가장 먼저 배포된 것은 담뱃갑보다 조금 큰 마오쩌둥 어록이었다. 새빨갰다. 여섯 살이었던 나는 한자를 거의 몰랐다. 그래도 마오쩌둥 어록을 독파했다. 한자는 뛰어넘고 히라가나만 읽었다. 무슨 내용이 적혀 있는지 전혀 몰랐지만 읽었다는 사실만으로 기뻤다. 대체 무슨 속셈이었을까?

전쟁이 끝나고 아버지가 일했던 남만주철도가 없어졌다.

아버지는 아마 회사 도서관에서 가져왔으리라 생각하는데, 정확하게 기억이 나진 않지만, 마지막 날 《아르스 소년소녀 문학전집》이라는 책을 끈으로 묶어 메고 집에 왔다. 그 모습을 보고 엄마는 격노했다. 누구누구는 살림에 도움이 되는 무엇무엇을 갖고 왔다면서.

그로부터 2년간, 엄마는 다방면에 걸쳐 활약하며 능력을 발휘했다. 일본인들은 집에 있는 물건을 벼룩시장 같은 곳에 들고 가서 중국인에게 팔았다. 돌아오는 길에 수수나 밤이나 설탕 대신 사카린 같은 걸 사와서 식구들의 배를 채웠다.

내 시치고상* 기모노도 팔았다. 아쉬움과 집안 살림에 도움이 되었다는 뿌듯함이 동시에 느껴져 마음이 복잡했다. 러시아인이 즐겨 입는, 안쪽에 털이 빽빽하게 달린 아버지의 가죽점퍼는 엄마의 정성이 들어간 옷이었다. 사려는 사람에게 만든 과정을 처음부터 끝까지 재현했을 정도다.

기모노가 인기 상품이었던 모양이다.

그동안 아버지는 짐을 지켰다.

벽난로에 기대어 동생을 다리 사이에 넣고 아이들을 모아 안데르센이랑 그림 형제를 읽어주었다. 콧물을 줄줄 흘리면서. 아버

---

* 아이들의 성장을 축하하는 행사. 일본에서는 남자는 3, 5세, 여자는 3, 7세가 되는 해 11월 15일에 빔을 입는 풍습이 있다.

지 코에서 콧물이 흐르면 내가 휴지로 닦아주었다.

아버지가 평생 나를 눈치 빠른 아이로 여긴 것은 그때 콧물을 닦아주었기 때문이라고 생각했다.

우리는 귀환자가 되어 일본에 정착했다.

책은 일본 어디에도 보이지 않았다.

오빠가 친구에게 만화를 빌려왔다. 《여섯 손가락의 남자》라는 제목의 일본판 장발장 같은 내용이었다. 나중에 알았지만 그 당시에는 만화를 빌려보는 게 유행이었다고 한다. 그림도 저속하고 종이 질도 조악했지만 나는 오빠가 빌려온 책을 열심히 탐독했다. 죽을 때까지 《여섯 손가락의 남자》를 보고 싶었다. 그 무렵 그 책 외엔 읽은 기억이 없다.

시즈오카에 정착한 후 엄마가 《소년기》라는 베스트셀러를 사왔다. 엄마와 아들 사이에 오간 왕복서간집이었던 것 같다. 왠지 고급스러운 인텔리 가족의 냄새가 풍겼다. 그때 나는 열한 살이었다.

아버지는 같은 집에 살면서 편지를 주고받다니 이상한 집안이라고 경멸했지만, 이상하지 않은 우리 집안에서는 부모 자식 간의 진지한 대화 따위 전혀 오가지 않았다. 아버지는 저녁 식사 때마다 일방적인 훈시를 늘어놓았다. 첫머리에 반드시 "바보 자식"이 붙었다. 이건 훈시가 아니라 잔소리다. 엄마는 돌발성 히스테리와 명령뿐이었다.

나는 도서관이나 친구에게서 책을 빌렸다.

나는 비정상적으로 책을 좋아했다.

그리고 비정상적인 게으름뱅이였다.

운동이 싫으니 체육 시간도 싫었다. 몸을 움직이고 싶지 않았다.

독서는 드러누운 채 진행되었다.

엄마는 내가 책을 읽으면 발로 찼다. "냉큼 ××해." "××는 했어?" "넌 정말 게으름뱅이구나."

그래도 나는 읽었다.

아이라서 자랐다. 키도 커졌다. 엄마에게 비판적이 되었다.

"책 같은 걸 읽으니까 건방져지는 거야."

이제야 수긍한다. 정말이다, 지당한 말씀이다.

나는 대학생 때도 가난했다.

나에게 책은 빌려 읽는 것이었다.

언젠가 친구가 릴케의 《말테의 수기》를 갖고 있기에 "다 읽고 나면 빌려줘"라고 했더니, "너도 사."

밉상이다. 지금도 밉상일 것이다.

내가 직장인이 되어 처음 산 책은 야요이쇼보에서 나온 보라색의 작고 네모난 《릴케 전집》이다. 기뻤다. 매달 한 권씩 샀다.

전철에서 서서도 읽었다. 아기가 태어난 후로는 아기를 업고 한손에 젓가락, 한손에 책을 들고 요리를 했다.

나의 책 취향은 마치 백엔숍 같다. 장르가 없다. 이과 계열 두 뇌는 1그램도 없으니 그쪽 방면은 공백이다.

만화도 즐겨 보고, 베스트셀러가 나오면 한번 읽어볼까 싶고, 한 작가의 책을 읽기 시작하면 모조리 읽어야 할 것 같다. 내 안에서 유행이 시작되는 것이다. 나만의 유행이며, 끝나면 다음 유행으로 넘어간다.

일전에 《사형》이라는 책을 읽었다. 무척 흥미로웠다. 작가가 흔들리니 나도 따라 흔들흔들 흔들렸다. 작가는 흔들리는 게 좋다. 아니, 인간은 원래 흔들리는 존재다.

한동안 아무나 만나면 "사형제도에 찬성해?" 하고 묻고 다녔다.

"사람을 죽였다면 어쩔 수 없다고 생각해."

그런가? 그럴지도. 흔들흔들 흔들리고는 있지만 나는 아무래도 반대인 것 같다.

자손에게 물었다.

"너, 사형에 찬성?"

"반대."

"왜?"

"살생은 안 돼."

❋ 흠칫하다

나는 굉장히 젊을 때부터 우치다 햣켄*을 애독했다. 햣켄을 즐겨 읽는다는 말은 아무에게도 하지 않았다. 젊은 여자로서는 도 저히 하기 힘든 말이었다. 건방지고 허세 심하고 고집쟁이에다 뒤 틀린 사람으로 보이고 싶지 않았기 때문이다. 늙은이 같아 보여 젊음에 상처가 날 것 같았다. 이런 걸 좋아하면 시집도 못 갈 거라 생각했다. 내가 어떻게 햣켄을 만나게 되었는지 아무리 생각해봐 도 기억이 나지 않는다. 다들 보부아르와 사르트르를 떠받들던 시 대였다. 나 역시 기노쿠니야 서점에서 산 《처녀시절》**같은 책을 보란 듯이 들고 다녔다.

---

* 1889년에 태어나 1971년에 사망한 소설가이자 수필가. 나쓰메 소세키의 문하생이었다. 정체를 알 수 없는 공포감을 표현한 소설이나 독특한 유머로 가득한 수필을 남겨 지금까지 일본인에게 많은 사랑을 받고 있다.
** 보부아르의 자서전

솔직히 말하면 나는 보부아르가 싫었다. 몸이 튼튼해서 싫었다. 자전거 여행을 하다가 넘어져 치아가 부러지고 그 치아가 볼에 박혔는데도 태연하게 몇 주일이나 여행을 계속했다. 내 친구 중에는 보부아르와 사르트르의 관계를 이상적인 남녀관계로 신봉하고 그대로 따라하는 바람에 인생을 망친 여자도 있다.

그 사람의 결사적인 철학과 행동에 대해 뭐라고 비난할 수 있을까?

나는 그녀의 강인한 체력이 못마땅했을 뿐이다. 이 여자는 뇌나 뼈에 치아가 박혀도 태연하지 않을까? 이런 속내도 다른 사람에겐 말할 수 없었다. 나는 그저 몸 약하고 머리 나쁜 여자였다.

아이가 태어난 후로는 보부아르를 무시할 수 있었다. 그래, 그래, 너 잘났다. 자식이 없으니 그렇게 말할 수 있지. 넌 그렇게 살아. 나하곤 상관없어. 나는 사는 게 힘들거든. 일상이 힘들면 생활이 철학이 돼.

그 시기에도 햣켄이 새로 나오면 읽지 않을 수 없었다.

옛날에 누군가가 어딘가에 쓴 글을 읽었다. 햣켄은 밉살스러운 늙은이다. 몸을 뒤로 젖힌 채 눈알을 희번덕거리며, 왼쪽이라고 하면 꼭 오른쪽으로 가고 싶어 하는 사람이다. 금세 화를 냈다가 울기도 잘 우는 소문난 괴짜. 아쿠타가와 류노스케처럼 '어머, 멋지다'라고 할 만한 외모는 아니다. 짜증나는 영감탱이 얼굴이다.

국화꽃이 어둠 속을 조용히 이동하는 듯한 단편, 도랑에 거대한 장어가 첨벙 하고 나타난 것 같은 짧은 소설, 여인이 곤약을 한없이 찢고 있는 듯한 문장. 나는 등에 전율을 느꼈다. '그래서 어쩌라고?'라는 생각이 들면 거기서 끝이지만, 나는 지루한 줄 모르고 읽었다.

'오래된 연못, 개구리 뛰어드는 물소리.' 그저 첨벙 하는 소리만 들릴 뿐이다. 일본인이라면 '그래서 어쩌라고?'라는 생각은 하지 않는다. 고요하고 깊은 숲의 냉기를, 물소리가 정적에 녹아들기까지의 시간을 차분히 느낀다. 아아, 살아 있다, 살아 있기에 첨벙하는 소리에서 영원을 느낀다.

어둠 속에서 장어가 첨벙하고 뛰어오르는, 이세상의 것인지 저세상의 것인지 모를 한순간으로 인해 살아 있다는 사실의 불가해함을 실감한다.

빚을 지면서까지 말도 안 되는 곳에 돈을 쓰는 핫켄을 볼 때마다 어처구니가 없었다. 나는 주택 론 외엔 빚을 진 적이 없는데도 가슴이 두근두근 벌렁벌렁하여, '어이, 빌린 돈으로 인력거 따위 타면 안 돼요, 이번엔 절대 타지 말아요' 하고 속으로 애원했지만 핫켄은 또 탄다.* 아~ 아. 빚쟁이와 서로 쫓고 쫓기며 정이 드는 장면은 우습기도 하고, 아아, 이런 사람도 있구나, 이렇게 사는 사람도 있구나, 생각하기도 했다. 나는 얼마나 바른 소시민인가? 이 세상은 즐겁다.

핫켄 씨, 당신은 뭘 위해 이 세상에 왔나요? 묻고 싶다. 그러면서도 나는 또 몇 번이나 읽고 만다.

아무 볼일도 없는데 기차를 탄다. 도시락을 산다. 뚜껑에 붙은 밥풀을 정성껏 떼어가며 도시락을 다 먹으면 목적지에 도착한다. 그리고 돌아온다. 그걸 숨 돌릴 틈 없이 읽어버렸다. 이런 하잘것없는 이야기를 이토록 재미있게 쓰는 사람이 있다니. 아니, 도시락 뚜껑에 붙은 밥풀을 정성껏 떼어먹는 행위야말로 살아 있다는 실감을 느끼게 한다. 왠지 내 눈앞에 밥풀이 붙은 도시락 뚜껑이 나타나, 나도 정성껏 떼어내어 한 알 한 알 먹는 것만 같은 느낌이 들었다.

그럴 때 창밖 경치를 보면 밥 한 알의 맛 따위 안 느껴질 것 같은데.

내가 끝까지 읽지 않은 책이 있는데, 바로 《노라야》**이다. 자기가 기르는 반려동물에 마음을 쏟는 사람이 나는 싫다. 대체로

---

* 핫켄은 빚쟁이를 피해 처자식을 남기고 가출하여 호텔에 머무르기도 했다.
** 반려묘인 노라와 함께 한 생활을 담은 우치다 핫켄의 대표적인 에세이다. 어느 날 노라가 집을 나간 후 돌아오지 않자 핫켄은 눈물로 하루하루를 지낸다. 일기 형식의 담담한 서술이 돋보인다.

지루하다. 자기 혼자 기뻐하고 슬퍼하는데, 미안하지만 혼자 조용히 기뻐하고 슬퍼하라고 말하고 싶다. 그랬는데, 눈물을 글썽이며 노라의 발소리에만 귀 기울이고 있는 핫켄과 함께 마음 졸이고 애태우는 동안, 오열하는 덩치 큰 남자의 모습에 어이없어 하면서도 내 눈에서도 눈물이 번진다. 신기하다. 사람이라면 누구나 그런 면에서는 신기하다는 사실을 알았다.

이게 뭔가?

완고하고 성격 뒤틀리고 매정한 늙은이라서 재미있는 걸까? 걸작이라는 평판이었지만 제목만 보고 멀리한 나는 생각이 짧았다. 읽을 책이 없으면 《노라야》를 끄집어내어 몇 번이나 다시 읽었다.

핫켄이라는 사람은 눈이 배꼽 주변에 붙어 있고, 마음도 뇌나 심장에 있는 게 아니라 명치 부근에 있는 게 분명하다. 글도 배꼽 부근에서 나오는 것이리라.

이따금 흠칫한다. 핫켄은 시각 장애인인 미야기 미치오*에게 "장님도 미인을 알아볼 수 있습니까?"라고 물었다. 마음이 뇌 부근에 있는 사람은 절대 묻지 않을 질문이리라. 미야기 미치오는

---

* 1894년에 태어나 1956년에 사망한 작곡가. 7세 때 실명하여 앞을 볼 수 없게 되었다. 우치다 핫켄의 친구이기도 하다.

"압니다"라고 대답했다. 그 주변의 공기로 안다고 한다. 나는 충격을 받았다. 못생겼다는 건 장님한테도 들킨다.

어떻게 그런 걸 묻나. 아니, 잘 물어주었다. 장님도 미인을 좋아한다는 걸 잘 가르쳐주었다.

나는 좀 더 흠칫하고 싶다.

나는 노인이 되어서야 핫켄이 좋다고 대놓고 말할 수 있게 되었다.

노인이 되어서야 내가 이 세상에 뭘 하러 왔는지 알았기 때문이다. 이 세상엔 이렇다 할 볼일이 없다. 볼일은 없는데 죽을 때까지 살아야 한다.

이따금 아아, 살아 있구나, 하고 실감할 수 있으면 좋은 거다. '그래서 어쩌라고?'를 쌓아가는 과정이다.

실감은 기분이다.

"나는 교실에 들어갈 땐 늘 화난 상태였다 / 지난 일을 마음속에 꽁하니 품는 건 아니지만, 네가 무슨 상관이야? 하는 자세로 늘 씩씩하게…"* 교사였던 적이 없는 나도 일하러 나갈 때는 '네가 무슨 상관이야?' 하는 기분이 간혹 들곤 했다. 보부아르도 교사 생활을 했었다. 잘은 몰라도, 그녀는 올바른 마음가짐과 사명감으

---

* 우치다 핫켄은 호세대학 독일어학부 교수로 재직한 적이 있다.

로 자신의 지적 탐구심을 강하게 드러냈을 게 틀림없다. 또 설사 '네가 무슨 상관이야?' 하는 기분이 들었다 해도 겉으로 표현하지는 않았으리라. 그녀는 이 세상에 태어난 의미와 책임과 사명감을 지닌 엘리트였다. 하지만 나는 왠지 당신과 궁합이 맞지 않아.

핫켄 님, 당신은 무슨 볼일이 있어 이 세상에 왔나요?

살아 있기 위해 왔지요?

나는 아무 볼일도 없습니다. 하지만 아직 죽고 싶지는 않습니다. 윤기가 흐르는 밥알도 깡통 냄새 나는 통조림 복숭아도 더 먹고 싶거든요.

❋ 하늘과 초원과 바람뿐인데

우리는 모든 것을 필요 이상으로 얻으면서도 좀처럼 만족하지 못한다. 그 대가로 인간은 생물로서의 본질을 잃고 고독해졌다. 그 전에 본질이 무엇인지조차 희미해지고 말았다. 가족 간의 정을 잃고, 자식을 자기 소유물로서 사랑하고, 능력이 아닌 학력으로 많은 월급을 받을 수 있길 기대한다. 그리고 자식은 부모를 버린다.

인간은 동물이다. 동물인 인간은 일단 먹어야 한다. 건강할 때 먹을 것을 구하기 위한 노동을 매일 반복하다가 나이 들면 죽는다.

나는 몽골에 대해 거의 몰랐다. 지도상의 광대한 면적을 보면 그저 아득한 초원만 떠올랐다. 유목민의 이동식 집인 파오에 대해서는 들은 적이 있지만, 조만간 근대화가 유목민들을 소멸시키리라 생각했다. TV에서 본 파오에는 안테나도 세워져 있었다.

몽골 영화를 처음 봤다. 〈동굴에서 나온 누렁 개〉라는 제목이다. 지금까지 수많은 영화를 봐왔고 좋아하는 영화도 몇 편이나 되지만 이만큼 내 마음을 뒤흔든 영화는 없었다. 인간이 이렇게 아름다운 존재인지 이 영화를 보고 처음 알았다. 극영화인지 다큐멘터리인지는 모르겠다. 어느 쪽이든 상관없었다.

내가 아는 몽골은 초원과 파오와 유목이고, 내가 몰랐던 것은 거기서 살아가는 사람들이었다.

젊은 부부와 어린 세 아이가 있다. 나는 내 아들 외에 다른 아이를 진심으로 귀엽다고 생각한 적이 없었다. 그런데 이 세 아이는 내 아들 이상으로 귀여웠다. 나는 아이들이 얼마나 귀여울 수 있는지 제대로 알지 못했다. 할 수만 있다면 30년 전으로 돌아가 다시 한 번 그 귀여움을 느끼고 싶다. 60년 전으로 돌아가 야무지고 강한 아이로 한번 살아보고 싶다. 젊은 아버지가 말을 타고 바람처럼 달려와 길 잃은 어린 나를 찾아내어 영화처럼 안아주길 바란다. 그리고 40년 전으로 돌아가면, 좀 배웠다고 억지 이론을 늘어놓거나 남녀평등을 외치며 세상 밖으로 나가지 말고, 그저 엄마로서 아내로서 식구를 먹이기 위해 치즈를 만들고, 쇠똥을 태워 고기를 굽고, 또 쇠똥을 갖고 노는 아이를 묵묵히 지켜보고 싶다. 말을 타고 멀리 나가는 남편을 그저 믿고 기다리고 싶다. 식사를 하면서 최소한의 필요한 말로만 소통하고 싶다.

그 광대한 하늘 아래 지평선까지 펼쳐진 초원 위에서 고독 따위 끼어들 틈 없는 농밀한 시간을 살아가는 그들 가족의 모습에 나는 눈물을 쏟고 말았다.

나는 일본의 역사를 살고, 그들도 몽골의 문화와 역사 속에서 살아간다. 근대화는 좋든 싫든 피할 수 없다. 주인공 소녀 난살도 수십 년 후엔 나처럼 말로만 얄팍한 정을 표하는 게으름뱅이가 될까?

❀ 아무것도 없어도 사랑은 있다

옛날에 코란을 읽었지만 다 잊어버렸다.

성경도 읽었다. 무척 재미있는 이야기들이었고 꽤 많이 기억했지만 기독교인은 되지 않았다.

장례식이나 법회가 있을 때마다 절에 갔고, 스님이 외는 불경을 이 나이가 되기까지 고개 숙이고 다리는 떨면서 빨리 끝나면 좋겠다고 생각하며 어쨌든 백 번 이상 들었다. 죽음은 슬펐지만 불경은 무슨 말인지 도무지 알아먹을 수 없었다. 그래서 불교도냐고 물으면 아닌 것 같기도 하고 맞는 것 같기도 한데, 그냥 몸에 자연스럽게 배어 있다. 오래된 절에 가서 불상을 보면 신묘한 고요한 고마운 긍지도 느낀다. 육친의 기일에는 향과 꽃을 들고 찾아가 묘를 향해 서서 차분한 마음으로 아무쪼록 성불하길 빈다. 나도 언젠가는 하얀 납골 항아리 안에 들어가리라는 사실을 의심한 적은 없다.

수많은 신에게 고맙다. 자그마한 꽃 한 송이에도 돌 하나에도 신이 깃든다는 개념이 좋다.

어떠한 종교든 민족이든 인간을 초월한 힘에 대한 믿음을 자연스럽게 받아들였다.

사람들은 그런 힘의 존재를 수천 년 혹은 수만 년 전부터 강하게 느꼈고 또 믿었다.

그래서 달의 여신을 향해 로켓을 쏘아 올리거나 하면 짜증이 난다. 우주의 신비를 풀지 말라고 경고하고 싶다.

그런데 우주로 로켓을 타고 나간 과학자가 지상에 내려서면 신을 믿는 사람이 되거나 한다.

나는 이란에도 이라크에도 가본 적이 없다. 친구도 없다.

내가 가장 모르는 분야는 아마 이슬람교일 것이다. 세상 사람들이 가장 모르는 종교이기도 한 것 같다. 민주주의자랍시고 여성의 히잡을 벗기라고 하고 교육이라든가 인권을 말하지만, 그래서 전쟁도 하지만, 내 생각엔 오지랖이 지나친 것 같다. 세상이 밋밋해지길 바라는가?

《하페즈》라는 이 영화는 그냥 옛날이야기인지 실화인지는 모르겠지만 한 편의 시라는 건 분명하다.

그리고 코란 일색의 세계다. 어린 아이들이 학교에 가면 머리를 흔들며 코란만 암송한다. 수학이나 체육 같은 과목은 안 배우는 걸까?

그리고 성직자는 권력자가 된다. 하페즈란 코란을 암송하는 사람이고, 하페즈를 양성하는 학교도 있다. 이 영화는 어느 하페즈가 사랑과 계율 사이에서 고뇌하는 이야기이다.

젊은 하페즈와 아름다운 소녀의 시선이 마주친다. 한순간에 사랑이 성립되어 버렸다.

두 사람의 눈이 마주쳤다는 사실을 〈가정부는 봤다!〉*의 배우 이치하라 에쓰코 같은 아줌마가 퍼뜨리는 바람에 젊은 청년은 굵은 채찍으로 엉덩이를 50차례나 맞는다.**

이 남자는 한 번도 웃지 않는다. 입을 크게 벌리고 웃는 사람이 한 명도 없다.

화면에는 거의 사막만 비친다. 온통 회갈색이다. 그 회갈색 먼지 속을 인간이 왼쪽에서 가로지르거나 오른쪽에서 가로지르기만 한다. 오토바이도 마찬가지이다. 한없는 정적이 지배하는 세계다.

---

* 1983년부터 2008년까지 방송된 일본 드라마
** 영화 〈하페즈〉는 하페즈라는 칭호를 얻은 주인공 샴사딘이 율법학자의 딸 나밧에게 코란을 가르치는 장면으로 시작된다. 벽을 사이에 두고 있어 나밧의 얼굴을 알 수 없던 샴사딘은 우연히 창문을 통해 그녀와 눈이 마주친 후 순식간에 사랑에 빠진다. 그 단 한 번의 응시로 하페즈의 직위를 빼앗기고 태형과 고된 노동이라는 벌을 받는다.

사막 외엔 아무것도 없다. 아무것도 없는 사막에서도 사람은 사랑에 빠진다.

네모난 작은 거울을 들고 사막 위를 걷기만 한다.

이 거울이 지니는 의미는 보는 사람에 따라 다양하게 해석될 것이다.

아름다운 소녀도 아무 말 하지 않는다. 오랜 망설임 끝에 작은 목소리로 "네"라고만 한다.

대사는 코란 속 말씀뿐이고 화면은 먼지 날리는 사막뿐이다.

그러면 어떻게 될까? 마음만 생겨난다. 아무것도 없는 단순한 사람들이 마음만 무겁게 안은 채 살아가는 모습을 보다보면, 온갖 물건과 색의 홍수 속에서 손톱까지 치덕치덕 화려하게 꾸미는 일본의 소녀들이 이상하게 느껴진다.

❋ 빛 속에서

언젠가부터 애니메이션을 보지 않게 되었다. 유리 놀슈테인의
〈이야기 속의 이야기〉를 보고 나서부터다. 영상으로 이런 게 가능
한가? 물이나 안개를 어떤 방법으로 표현했는지 궁금하고 신기해
서 미칠 지경이었다. 이 짧은 작품을 만드는 데 시간을 얼마나 들
였을까? 아직 소련이었던 시대에 이 사람은 생활이 가능했을까?
나는 글로 된 시(詩)는 잘 모르지만 이 세상에 시라는 게 있다면
그 고슴도치나 황새를 향해 불어오는 바람이나 빛이야말로 내가
가장 잘 느낄 수 있는 시일 거라 생각했다.

자본주의 세상에도 불가능한 일은 있다.

이름은 옛날부터 알고 있었고, 아마 누구나 알 테고, 내게로
몇 번이나 다가왔는데도 절대 읽지 않은 작가나 작품이 있다.

오리쿠치 시노부라는 사람이 그랬다. 어릴 때부터 折口信夫

(오리쿠치 시노부)와 釈迢空(샤쿠쵸쿠)가 동일인물이라는 건 알았지만 信夫를 '시노부'라 읽는다는 것만 알고 釈迢空를 어떻게 발음하는지는 몰랐다.

이따금 오리쿠치 시노부의 사진을 신문이나 잡지에서 보았는데 조금 심각해 보이는 긴 얼굴이었다. 아마 독자도 심각한 얼굴로 읽을 것 같다.

오리쿠치 시노부의 《사자의 서》를 가와모토 기하치로 감독이 인형 애니메이션으로 만들겠다고 선언했을 때 처음으로 책을 읽었다. 신비로운 문체에다 신비로운 세계였다. 내가 알면서 읽는지 모르면서 읽는지도 몰랐다. 어려운지 쉬운지도 몰랐다. 층층이 겹쳐진 이세상과 저세상이 땅 밑바닥까지 있는 것 같기도 하고, 하늘을 뚫고 밝은 우주까지, 혹은 어두운 천공까지 쌓여 있는 것 같기도 했다. 그리고 왠지 내가 일본인이라는 사실이 과분하고 또 감사했다.

가와모토 씨는 이걸 어떻게 인형 애니메이션으로 만들겠다는 걸까?

제작사도 돈을 모으기가 쉽지 않을 것 같았다.

가와모토 씨의 〈사자의 서〉가 마침내 완성되었다. 제작사 프로듀서가 친구여서 아는데 꽤 많은 시간이 걸렸고, 그녀는 이따금 무척 초췌해 보였다.

나는 문외한이라 인형 애니메이션은 무리가 아닐까 생각했다.

그리고 보았다. 한번 보니 또 보고 싶어졌다. 이런 나에게조차 고귀한 빛이 깃들어 있다는 걸 깨닫고 나니, 내 마음이 이 세상을 벗어나 높디높은 곳으로 나아가는 것 같았다.

이 세상에 미련이 남은 원령의 불길한 기운과 뭔가에 홀려 빛나는 사람인지 신인지 부처인지 모르는 존재를 확신에 찬 모습으로 하염없이 좇는 여인의 비정상적인 마음이 인형 애니메이션으로 탄생했을 때 무척 관능적이어서 놀랐다.

인간이 알몸으로 뒹굴어야만 관능적인 것은 아니다. 게이샤가 붉은 속치마 사이로 맨살을 살짝 드러내는 것도 아니다.

니죠산 골짜기로 흐르는 한 줄기 물의 요염함. 관능적인 것은 이토록 고귀하다.

오쓰 황자는 시체가 되어 썩은 상태로도 이 세상 여자에 대한 미련을 버리지 못한다. 그 집착이 나는 기뻤다.

오쓰 황자와 부처인지 신인지 모르는 존재를 좇느라 제정신이 아닌 난케의 딸 이라쓰메의 절실한 모습이 너무나 사실적이어서, 과거에 나도 그처럼 제정신이 아니었던 적이 있었다는 사실을 떠올렸다.

빛 속에서 이세상과 저세상이, 성스러운 것과 속된 것이, 신이

나 부처와 인간의 남자나 여자가 서로 합체할 때, 나는 성불한 것 같은 느낌이 든다. 가와모토 씨가 〈사자의 서〉를 잘 만들어주셨다. 자본주의 사회에서도 가능하다. 이것은 살아 있는 인간이 연기할 수 있는 세계가 아니었다. 가와모토 씨의 오쓰 황자였기 때문에, 이라쓰메 인형의 뽀얗고 차가운 피부였기 때문에 비로소 도달할 수 있었던 작품이라고 생각한다.

사람은 누구나 일상에 묻힌 영혼의 아름다움을 간직하고 있다. 숨은 아름다움이 무언가에 촉발되어 일생에 단 한 번이라도 빛을 발한다면 하늘이 내린 은혜로 감사해야 하리라.

✽ 큰 눈, 작은 눈

피카소가 일곱 살 때 그린 그림을 본 적이 있다. 아이의 그림이 아닌 천재의 그림이었다. 아이다운 구석은 조금도 없고 정확한 데생과 묘사에 혀를 내둘렀을 정도다. 피카소에겐 어린 시절이 없었던 것 같다. 타고난 천재 화가였다.

아이가 그린 그림을 보고 피카소 같다고 하는 어른들이 있는데, 나는 그 말에 동의하기 어렵다.

직물이나 염색 관련 일을 하는 친구가 있다. 아이와 함께 고이노보리*를 만드는 잡지사 기획 이벤트에 같이 참여한 적이 있다. 그녀의 두 아들과 우리 아들까지 셋이서 큼직한 하얀 천과 안료를 이용하여 고이노보리를 만들었다. 3세와 5세와 7세의 남자 아

---

* 매년 5월에 남자 어린이들의 건강과 출세를 기원하는 의미로 장대에 매다는 잉어 모양의 헝겊

들이었다. 어른들이 작은 물고기 모양부터 큰 것까지 차례차례 잘
라내어 아이들에게 건넸다. "그리고 싶은 대로 그려봐"라고 하니
아이들 모두 흥분하여 굵은 붓으로 원색을 더덕더덕 칠했다. 눈
깜짝할 사이에 열다섯 마리 정도의 파워 고이노보리가 완성되었
다. 추상적인 자태로 마치 몸부림치는 듯한 모습이었다.

　제일 큰 비단잉어와 보통 잉어는 어른 둘이서 만들었는데 비
늘 같은 걸 성실하게 그렸더니 바보처럼 평범해 보였다.

　바닷가로 가서 사진을 찍었다.

　넓은 하늘과 푸른 바다를 배경으로 스무 마리 가까운 잉어가
나란히 바람에 날리는 모습은 가히 장관이었다. 가장 큰 비단잉어
와 보통 잉어는 죽은 것처럼 보였다. 둘 다 미대 출신인데.

　둘이서 "좀 창피하네" 하고 얼굴을 붉혔다가 "우리 아이들 천
재다" 하고 웃었다.

　33년이 지났다. 친구가 아사마 산이 보이는 고원으로 오래된
민가를 이축했다. 200년이나 된 농가인데 엄청나게 컸다. 거대한
목련나무도 있었다. 아련한 봄철의 푸른 하늘 아래 하얀 목련꽃이
활짝 피었다. 친구가 좋은 걸 보여주겠다며 33년 전의 그 고이노
보리를 밧줄에 매달았다.

　"와아, 아직도 갖고 있었어?"

　선명한 색상의 독특한 파워 고이노보리가 아사마를 배경으로

헤엄친다.

마침 5월 5일이었다.

"역시 우리 아이들, 그때는 천재였어." 33년이 지났는데도 여전히 씩씩하고 에너지가 넘치는, 비싼 고이노보리와 견주어도 결코 뒤지지 않는 우리 아이들의 고이노보리를 오랜만에 보았다.

얼굴로 여겨지는 부분에 눈이 톡 튀어나올 듯 그려진 것도 있고, 눈이 아예 없는 잉어도 있었다. 나머지는 색의 홍수였다. 자세히 보니 전체적으로 우스꽝스러워 우리는 소리 내어 웃고 말았다.

"아이들한테 보여주고 싶네." "벌써 머리가 벗겨지고 있어." 과거에 천재였던 아이들은 지금 보통 어른으로 살아가고 있다. 늙은 어미들은 내년에도 이 고이노보리를 꺼내보자고 다짐했다.

그리고 알았다. 피카소는 성숙한 채로 태어나 세월이 흐를수록 아이가 되고 싶었던 천재였다는 사실을.

🌿 절규하지 않는 '절규'

　20년쯤 전에 나는 자율신경 실조증이라고 의사가 이름 붙인 증상에 시달렸다. 옛날 같았으면 귀신 들렸다거나 미쳤다는 말을 들었을 것이다. 단어를 어떻게 바꿔도 내용은 같다.

　근시인데도 멀리 있는 물체의 윤곽이 또렷이 보였다. 가을 산의 수많은 단풍잎이 한 장 한 장 보이면 정말 피로하다. 피로하지만 아름답다. 약을 처방해주는 의사는 경험한 적도 없으리라. 노송나무가 있었다. 그 노송나무를 봤을 때 '앗, 고흐는 노송나무의 굴곡을 강조하여 그린 게 아니라 자기 눈에 그렇게 보였던 거다'라고 깨달았다. 노송나무가 내 눈에 고흐가 그린 노송나무와 똑같이 보였다.

　고흐는 감정을 조절할 수 없는 비정상적인 증상을 일상적으로 견디면서 얼마나 괴롭고 아팠을까? 단명이었다는 점이 위안이었다. 뇌의 병에도 천재와 바보가 있다. 나는 그림을 그리기는커

녕 비정상적인 감각을 받아들이는 것 자체가 불가능했다. 뇌는 개발되지 않은 우주와 같으니, 고흐와 나 사이에 얼마나 다양한 차이가 있는지는 아무도 모를 것이다.

비정상적으로 끝없이 펼쳐진 들판에서 고흐는 해바라기를, 노란 의자를, 인물을 움켜쥐었지만, 나는 돌멩이 하나 줍지 못했다.

내가 뭉크의 〈절규〉를 처음 안 것은 아직 어른이 되지 않았을 때였다고 생각한다.

미술 선생이 보여주었는지, 교과서에 작게 인쇄되어 있었는지 기억이 나지 않는다. 그만큼 처음 보고 흠칫했던 작품은 없었다.

자각하지 못했던 내 안의 공포와 불안과 절망, 있을지도 모르는 광기가 거울에 비친 듯한 느낌이었다.

아직 어리기에 체험한 적은 없지만 언젠가는 그런 공포와 조우하리라는 두려움이 내게서 송두리째 빠져나가 눈앞에 그대로 나타난 것만 같았다.

그 그림을 보고 기억에서 깨끗이 지울 수 있는 사람은 아마 없으리라.

직시하지 못하는 사람도 많았다. '싫다' '무섭다' '끔찍하다'라며 책을 밀어내거나 책을 탁 덮었다.

그 후로 뭉크의 그림을 볼 기회가 조금씩 많아졌다. 〈사춘기〉

소녀도 한번 보면 잊을 수 없다. 뭉크의 소녀는 한 사람밖에 없다. 르누아르의 소녀는 뭉크의 소녀와 달리 이 세상을 즐기면서 우리에게 밝고 화사한 세계를 가르쳐준다.

엄마한테 "뚱보"라고 했더니 "르누아르 좀 봐"라고 반격한다. 내가 졌다.

오슬로에 갔을 때 수많은 뭉크를 보았다. 〈절규〉는 내가 모르는 판화나 스케치로도 존재했다.

제목은 〈절규〉인데 절규하지 않는다. 오히려 공포를 겉으로 표현하지 않고 몸속에 묻어두기 위해 목소리를 외계에서 빨아들인 것처럼 보였다.

생각보다 작았다. 생각한 것보다 작았다는 사실에 깜짝 놀란 기억이 있다.

세상의 수많은 나부상 중에 나는 뭉크의 소녀가 가장 아름답다고 생각한다. 오른쪽의 검은 그림자가 어쩐지 으스스하여 언젠가 검은 부분을 손으로 가리고 본 적이 있다. 소녀는 보통 여자아이로 보였다. 검은 그림자가 소녀의 눈을 더욱 슬프게 만든다는 점을 깨닫고 나는 감탄했다. 왜 뭉크는 쓸쓸한 그림만 그렸을까. 뭉크의 사진을 보고 이해했다. 굉장한 미남이다. 미남이 아닌 남자는 세상에 맞서기 위해 희망과 힘을 비축해둬야 하고 스스로 격려해야 한다. 그래서 바쁘다. 미남은 그런 것에 무심할 수 있다.

그러므로 자신의 내면과 진지하게 마주할 수 있다. 내면과 진지하게 마주하다보면 자기 안에 있는 광기를 파내게 되는 것이다.

3 장

빈둥빈둥 느긋하게 산 사람은 죽을 때
'아, 충분히 살았다'라고 생각하지 않을까?
이따금 친구가 "빨랑빨랑 해치워, 빨랑빨랑" 하고
재촉한다.
친구야, 빨랑빨랑 일하면 나는 부자가 돼.
죽을 때 돈이 남아 있으면 어떡해? 아깝잖아.

기타카루이자와, 놀라움, 기쁨, 그리고 공짜

가루이자와는 옛날부터 부자들만의 별장지로 유명했던 곳이다. 요즘은 시골 젊은이들로 북적대니 진짜 부자들은 눈살을 찌푸린다고 하는데, 기타카루이자와는 원래 농촌으로 개발된 곳이라 아무도 불쾌해 하지 않는다. 소가 음매음매 울고, 때가 되면 비료 냄새가 푹푹 풍기는 곳이다. 가루이자와에서 차로 40분 정도 산을 올라야 하는 불편한 지역이지만 여름에는 높이 오른 만큼 시원하다. 겨울에는 오른 만큼 춥다.

내가 왜 이곳에 집을 지었는지 이해할 수가 없다. 나는 뇌의 병에 걸렸고, 그 병에 걸린 사람은 절대 큰 결단(예: 결혼, 혹은 집 짓는 일 등)을 내려서는 안 된다고 어느 책에 적혀 있었다. 집은 친구 딸인 요코가 설계해주었다.

정신을 차리고 보니 집이 떡하니 서 있었다. 나는 무엇보다 스토브에 애착이 갔다. 사실은 스토브 따위 필요 없었는지도 모른다. 요코가 바닥 난방을 권했기 때문이다. 나는 어릴 때부터 불꽃을 보는 걸 좋아하여, 다른 사람 집 목욕탕에까지 불을 때러 갔을 정도다(옛날에는 목욕물을 장작으로 데웠다). 방화광이 될 소지가 매우 컸다.

요코와 나는 취향이 비슷했는데, 그 취향이라는 것이 평범하기 짝이 없었다. 멋을 부린 게 티가 나면 안 되었다. 스토브 팸플릿을 보면 둘이 동시에 "이거" 하고 같은 것을 가리켰고, "이렇게 다루기 쉽고 튼튼한 남자 어디 없을까?" 하고 웃곤 했다.

완성되고 나니 기타카루이자와가 몹시 마음에 들었다. 일 년 내내 여기서 지냈다. 살아보니 일 년 중 겨울이 가장 좋았다.

매일 이곳에 있을 수 있다는 사실이 무엇보다 소중했다. 봄이 끝날 무렵엔 산이 온통 잿빛을 띤 분홍색으로 부풀어 올랐다. 마치 산이 웃음을 참는 듯 보였다. 새싹이 하룻밤 사이에 1센티나 자란 걸 확인했을 땐 정말 놀랐다. 신기하게도 매년 놀란다. 놀라움은 기쁨이다. 그 기쁨은 공짜다. 마당에 자란 머위의 어린 꽃줄기도 두릅도 다 공짜다. 소리 없이 쌓이는 눈을 멍하니 볼 때의 도취감도 끝없이 펼쳐진 은세계도 공짜다. 7월과 8월에만 스토브를 켜지 않았다. 나는 매일 장작을 넣고 춤추는 불꽃을 응시했고, 불꽃이 커지는 걸 보기 위해 스토브 옆에 딱 붙어 땀을 흘렸다. 안타깝게도 장작은 공짜가 아니었다.

스토브는 참으로 유능했다. 아무튼 잘 타올랐고, 두툼하고 튼튼한 주물난로가 부지런히 열을 저장해두어 아무리 작은 불씨로도 다시 씩씩하게 일어났다.

첫해 겨울은 집 안이 거의 사우나였다. 그래서인지 감기를 달고 살았다.

드레싱을 뿌려 먹는 어린잎의 계절이 지나고 나무들이 짙은 녹색을 두르기 시작하면 아래 세상은 이미 푹푹 찌는 여름이다. 폭염이 기승을 부릴수록 친구들이 많이 와주었다. 베란다에서 아침식사를 할 땐 '이런이런, 꼭 피서지에 놀러온 손님처럼 거들먹거리게 되네, 창피해라'라고 나는 생각한다. 그런데 정말 시원하다. TV를 보며, 도쿄에서 놀러온 친구한테 말한다. "저것 봐, 도쿄는 39도래." 나의 여름철 즐거움은 아래 세상이 더울수록 커진다.

우리 마을도 오래된 별장지에 굳게 닫혔던 집이 7월과 8월이면 활짝 열리고 사람들도 많이 드나든다. 그러다 8월 말이 되면 싹 사라진다. 1년에 한 번 만나는 사람도 있다. 배우이자 동화작가인 기시다 교코라든가, 소설가인 나가시마 유라든가, 골동품점인 '니코니코도'라든가. 피서 온 양 행세하는 친구랑 다녔더니 나도 피서지에 있는 것처럼 들떴다.

또 조용한 생활이 시작된다.

곧 단풍의 계절이다. 단풍은 마치 비단처럼 아름답다. 비단이 조금씩 자꾸자꾸 화려해진다. 하늘은 점점 더 깊은 푸른색을 띠었다. 북받쳐 오르는 행복한 감정. 이 행복, 공짜다. 마지막으로 금빛 낙엽송 잎이 떨어지면 가을도 끝난다.

나는 또 스토브에 들러붙는다.

차로 눈 위를 달려 아라이 씨 농가에 갔다. 겨울 친구는 아라이 씨밖에 없다. 또 감기 걸렸다고 하니 아라이 씨가 한마디 한다. "사노 씨 집은 너무 더워. 그러니 감기 걸리지."

🌿 행복투성이

나는 한류 드라마로 신세를 망친 여자다. 거의 1년간 침대에 누운 채 매일 18시간 푹 빠져 지냈다. 18시간을 지키기 위해 침실용으로 새 TV와 DVD플레이어까지 구입했다. 그때까지 DVD는 빌려보는 것이라고 생각했는데, 한류 드라마를 박스째 사는 것엔 일말의 망설임도 없었다. 〈겨울연가〉를 본 것이 암수술 직후였다. 항암제의 부작용으로 뒹굴면서도 그 1년간만큼 행복했던 적이 없었다. 행복은 돈으로 살 수 있다.

지금 생각하면 구역질이 난다.

1년 지났을 때 나는 바보가 되어 있었다. 드라마에서 방출되는 연애감정에 눈물까지 펑펑 쏟았다.

"침 좀 흘리지 마!"라고 고함을 지르기에 봤더니 정말로 쿠션에 큼직한 얼룩이 져 있었다.

나는 감정만 소비하고 머리는 전혀 쓰지 않았다.

머리로는 행복해지지 않는다는 걸 알았다.

생각해보면 나는 1년간 기절한 것과 마찬가지였다.

마취 상태로 1년 동안 행복한 환각을 즐겼던 건지도 모른다. 그러나 기절 상태로 지냈던 1년이 내 인생에 없는 편이 나았다고는 생각지 않는다. 어떠한 경험이든 하지 않는 것보다 하는 편이 좋다. 토가 나오도록 푹 빠졌던 나를 대견하다고 칭찬해주고 싶다. 항암제의 불쾌감을 훌쩍 뛰어넘는 쾌락이었다.

왜 일본 아줌마들이 한류 드라마에 빠졌는지 나는 분석할 수 없다. 무엇이 나를 행복하게 만들었을까? 젊고 잘생긴 남자를 지그시 바라볼 때의 쾌락이 여전히 크다는 사실에 놀랐다. 어떻게 지그시 바라볼 수 있는가? 그건 속도가 느리기 때문이다. 축구를 하는 베컴을 한순간 보는 것과는 다르다. 젊은 여자를 보며 좋아하는 음탕한 할배처럼 나도 음탕한 할매가 되어버렸다. 게다가 양파 껍질이 홀렁홀렁 벗겨지듯 잘생긴 남자는 자꾸자꾸 나왔다. 나는 자유자재로 바람을 피웠다. 〈겨울연가〉의 욘사마부터 시작하여, 이병헌, 원빈, 장동건….

이병헌은 배우로서 훌륭하지만 다작이라 돈이 들었다.

대충 한 바퀴 돈 나는 역시 한류 드라마의 원점은 〈겨울연가〉라고 규정하고 다대한 투자 끝에 매듭을 짓기로 결심했다.

욘사마는 특수한 캐릭터다. 남자다우면서도 여자 같은 구석도 있고 고류지(広隆寺, 광륭사)의 불상을 닮은 얼굴이 치아를 드러내고 웃는데 벗으면 또 굉장하다. 게다가 고난이 쉴 새 없이 닥친다. 기억상실증에 걸렸다가 뇌종양이었다가 급기야 실명까지. 그 나라 사람들은 다들 마조히즘인가? 또 처음부터 끝까지 삼각관계다. 가망 없는 남자의 스토킹 행위는 무시무시하다. 그 나라에서 통용되는 사랑은 이런 건가? 내가 좋아한다는데 무슨 상관이야? 내 마음은 내 거야. 몸은 마음을 따를 수밖에 없어. 그리고 절대 포기하지 않아. 가능성이 없다는 걸 서른 번은 확인했으면서도 술에 잔뜩 취해 울고, 그래도 포기하지 않는다. 한국의 축구선수들도 마찬가지다. 포기하지 않는다. 잊지 않는다. 일본의 과거를 잊어주면 좋겠다고 꿈에도 바라선 안 된다. 잊지 않는 것이 미덕이다.

남자가 눈물을 대량으로 쏟는다. 그 나라에는 남자는 울면 안된다는 원칙이 없는 모양이다. 남자는 여자의 눈물에 약하다는데, 나는 욘사마의 눈물에 당했다.

그리고 태연하게 공과 사를 혼동한다.

남자도 여자도 사랑 때문에 동료나 일 따위 내팽개쳐버린다. 그 나라의 생산율이 심히 걱정되었다.

그러니 대통령도 공과 사를 구분 못하는 것이리라.

벗으면 남성미가 넘치지만 평소엔 늘 고독감을 풍긴다. 곤란하다. 지켜주고 싶은 건지 보호받고 싶은 건지 모르겠다. 상징적인 영상은 스크린 한가운데에 선 욘사마의 뒷모습이다. 그가 바라보는 것은 저녁놀이기도 하고 바다이기도 한데, 아무튼 굉장히 부끄러운 장면이다. 비현실적이라는 걸 알면서도 나는 침을 흘린다. 보통 넉살이 아니면 손발이 오글거려서 못하는 짓(예를 들면 빨간 장미 500송이를 바닥에 하트 모양으로 놓고 남자가 그 안에 앉아 있는 드라마도 있었다), 일본 남자라면 절대 하지 않을 짓을 욘사마는 새하얀 치아를 드러내고 웃으며 태연히 해낸다. 나는 눈동자 색이 유리구슬 같은 백인종의 눈은 못 읽는다. 눈 색깔만으로 나와는 거리가 먼 사람이라는 생각이 들기 때문이다. 멋진 것과는 또 다른 차원이다. 반면에 한국인은 외모가 일본인과 거의 비슷하니 친근감과 안도감을 가질 수 있다. 하지만 같은 나라는 아니니, 부끄러운 짓을 해도 내 아들이 부끄러운 짓을 하는 게 아니라며 태연하게 앉아 구경한다. 마음속으로는 좀 더 해보라고 부추긴다. 이들의 결혼 후는 어떨까? 남자는 말도 안 되는 횡포를 부리고, 최지우도 오사카 아줌마처럼 꽥꽥 소리 지르는 중년여자가 될지 누가 아나? 어쩌면 드라마는 한국 여자의 소망인지도 모른다. 은연중에 남녀 간의 애정을 갈망하고 있었다는 사실을 깨닫고, 어차피 환상이라는 걸 알기에 일본 아줌마인 나도 깊이 빠졌던 것이리라.

🌿 도움이 되고 싶다

세상에는 늘 부지런히 일하지 않으면 불안하다는 사람이 있다. 그들은 세상의 칭찬을 받는다. "참 열심히 사시네요." 몸을 움직이는 걸 좋아할 뿐이라고 생각한다. 그런 사람에게 하루 종일 누워 뒹굴라고 하면 괴로워 죽을 것이다.

지인 중에 중년의 나이로 결혼한 남자가 있다. 결혼해서 뭐가 좋으냐고 물으니, 아침에 눈을 뜨자마자 사랑하는 사람과 이불 속에서 도란도란 이야기 나누는 것이 무엇보다 즐겁단다. 알 것 같다. 그러나 여자는 눈을 뜨자마자 침대에서 뛰쳐나가 커피를 내리고 커튼을 확 열어젖힌다. "그렇게 서두를 것 없잖아, 좀 더 누워 있자"라고 하면, 그녀도 "그래" 하면서 이불 속으로 다시 들어온다. 그가 주저리주저리 이야기를 시작한 지 3분쯤 지났을 때, 그녀가 "이제 됐어?"라고 묻는다. "조금만 더"라고 대답하고 1분 정도 지났는데, 그녀가 마치 오줌이라도 참는 것처럼 허리와 다리를 경박하게 움직인다. "왜 그래?"라고 물으니 "일어나고 싶어, 응? 일어나게 해줘" 하고 눈물까지 글썽였다고….

그런 사람의 인생이랄까 성격이라든지 모든 것을 나는 아마 이해하지 못할 것이다.

이런 내가 소학교부터 대학 때까지 10년 이상 매일 아침 잘도 일어났다. 생각하면 지금도 멍해진다.

나는 굼벵이도 지각대장도 아니었다.

마흔이 넘을 때까지 일단 사무소라는 곳에 가서 일했다.

그 후로 자택에서 일했지만 아이가 있었기 때문에 늘 6시 반에 일어나 도시락을 쌌다. 아이가 나가자마자 2층으로 뛰어올라가 미지근한 이불 속으로 다시 기어들어갔지만.

그 순간의 행복을 어디에 비할 수 있을까? 아, 살아 있다, 죽어도 좋다, 라고 생각했다.

나는 지금 혼자다. 그리고 노인이다. 5시 반경 일어나 TV를 켜고 앉아서 9시까지 꾸벅꾸벅 존다. 눈을 뜨면 TV 화면에 김정일 얼굴이 있었다. 오줌을 누러 간다. 예전에 비해 오줌 누는 시간이 길어졌다. 보통 사람들 같으면 이 시점에 옷을 갈아입을 것이다. 그러나 나는 또 내 몸 형태로 부풀어 오른 이불 속으로 기어들어가 북한 군대의 행진을 멍하니 본다. 보면서 여러 생각을 한다. 식

량도 부족한데 다리를 90도로 올리고 걸으면 쓸데없이 에너지가 들지 않을까? 북한 주민의 굶주림은 어느 정도일까? 내가 다롄에서 굶었을 때 정도는 아니겠지. 내 형제는 영양실조라서 감기에 걸리자마자 죽었다. 요즘 일본 아이들은 비만이 문제다. 어떻게 좀 할 수 없나? 전쟁을 좋아하는 사람도 없는데 인류는 왜 전쟁을 멈추지 않나? 수천 년이나 멈추지 않는 것은 전쟁을 좋아하기 때문 아닐까?

매일 TV를 틀어놓고 연예인이 서로 붙었다 떨어졌다 하는 걸 보아도, 혼자 이것저것 생각하다보면 결국 왜 전쟁은 끝나지 않는가라는 질문에 도달하고, 거기까지 가면 더 이상 생각할 거리가 없어진다.

어찌할 도리가 없다고 생각하며 느릿느릿 옷을 갈아입는다.

잠옷 목둘레 안쪽을 살짝 핥는다. 짠맛이 느껴지면 세탁한다. 그런데 매일 짜다.

어제 저녁 목욕하고 갈아입은 속옷도 한번 핥아본다. 짜다. 속옷부터 갈아입고 빨래를 모아 세탁기를 돌리면 11시 반이 된다.

야채주스와 빵을 먹으며 노인은 참 한가하다고 생각하면서 또 테이블 앞의 커다란 TV를 켠다.

아아, 일해야 하는데, 일해야 하는데, 생각하면서 안 하니까 역시 한가하다.

예전에 아직 이불 속에 있는데 딩동, 하고 울어서 택배인 줄 알고 나갔더니 세 사람이 서 있었다. 미팅 약속을 깜빡했다. 그 후로 생각했다. 잠옷 같지 않은 잠옷을 입자. 찾아보니 얼마든지 있었다. 기다란 원피스에 타이츠. 여러 색상과 무늬를 잔뜩 사들여 거울에 비춰보니 검정색이나 회색이나 자잘한 물방울무늬는 전혀 잠옷으로 보이지 않았다. 병원에 가는 날, 잠옷 위에 벨트를 둘러보았다. 괜찮네, 괜찮네. 위에 코트를 걸치고 부츠를 신고 병원에 갔다. 나는 급기야 잠옷 차림으로 외출할 정도의 귀차니스트가 되어 있었다. 천성에 노화가 박차를 가한 것이다.

침대에 누워 있는 시간이 더 길어졌다.

내 인생은 헛된 것이었을까?

나는 다른 사람에게 아무 도움이 되지 않는다. 친구 부인처럼 벌떡 일어나 해야 할 일을 냉큼 해치우고 원고를 차례차례 완성하고 의미 있게 살아야겠다고 다짐했다가 어느 날 문득 이불 속에서 생각했다. 인생에 목표가 있다면 일생이 너무 짧게 느껴지고 시간은 모자랄 것이다.

목적이 없으면 시간은 많고 일생도 무척 길다.

죽을 때 이루지 못한 일이 있다고 생각되면 원통할 것이다. 짧은 일생이리라. 하지만 빈둥빈둥 느긋하게 산 사람은 죽을 때 '아, 충분히 살았다'라고 생각하지 않을까? 이따금 친구가 "빨랑빨랑

해치워, 빨랑빨랑" 하고 재촉한다. 친구야, 빨랑빨랑 일하면 나는 부자가 돼. 죽을 때 돈이 남아 있으면 어떡해? 아깝잖아.

세상에 도움은 되고 싶다. 하지만 필요 없는 게 노인이죠.

🌿 영문을 모르겠다

특별한 문화권 외의 대다수의 남녀는 결혼이라는 제도에 보호받거나 구속당하며 살아간다.

그 제도 안에서 살다보면 자연스레 남녀가 짝을 이루고 부부가 된다.

이건 놀랄 만한 일이다.

전철 안의 아저씨들을 보라. 다리 벌리고 입도 벌리고 쿨쿨 코를 골며 졸기도 하지만, 그들 대부분에겐 집이 있고 아내가 있다. 세상은 온통 부부로 가득하다.

부부는 사회의 공적인 장소에 잘 나타나지 않는다.

관혼상제에서 주로 볼 수 있는데, 어쩌면 외출용으로 연출된 모습일 수도 있다.

서로 잘 알고 지내는 친구 부부라 해도 어느 정도는 겉치레용 예의로 무장되어 있다.

부부의 속사정을 다 알기는 어렵다.

세상에 부부가 이렇게 많은데.

우리는 그저 풍경처럼 멀리서 감상할 수밖에 없다.

나뭇잎이나 돌멩이도 제각각 다른 것처럼 똑같은 부부는 이 세상에 한 쌍도 없다.

자신의 부부 관계를 타인에게 이해시키기는 어렵다.

나는 20년간 부부로 있었다. 10년째부터 관계가 조금씩 헐거워지기 시작했다.

부부관계를 청산하기 위해 10년이라는 세월을 허비했다. 그 10년간 나는 세상을 속였다.

어떤 방법으로도 회복이 불가능한 관계였는데, 젊은 친구가 "요코 씨 부부는 내가 꿈꾸는 결혼의 이상적인 모습이에요"라고 말하는 걸 들었다. 어리둥절했다. 딱히 사이좋은 부부인 척 연기한 건 아니고, 오랜 습관에 따랐을 뿐이었다.

친구의 부부관계에 참견하는 것도 참 어리석다.

남편 욕을 끝없이 해대는 친구의 말에 맞장구치며 거들기라도 하면 큰일 난다. 친구는 반드시 화를 낼 것이다. 원한을 살 수도 있다. 그 원한이 접착제 역할을 하는지 친구 부부는 예전보다 사이가 좋아진다.

부부는 안에서는 쉽게 깨지지만 밖에서는 아무리 찌르고 부서뜨리려 해도 절대 부서지지 않는다.

처자식 있는 남자와 불륜관계를 맺는 아가씨, 당장 그만둬요. 고생만 하고 얻는 건 없습니다.

부부는 사랑이 아니라 정으로 살기 때문이다. 사랑은 세월이 갈수록 옅어지지만 정은 세월과 함께 끈끈해진다.

부부란 아마도 사랑이 정으로 변화하는 순간부터 성립되는 것이리라. 정은 습관에서 생겨나는 것이다. 생활은 곧 습관이다.

이혼한 친구 부부가 어느 결혼식장에서 우연히 맞닥뜨렸다고 한다. 식이 끝나자 전남편이 전부인에게 아무 생각 없이 "집에 가자"고 했고 전부인도 "응응" 하고 따라가더라는 말을 들었다.

나는 두 번째 남편을 전남편 이름으로 부른 적이 있다. 흠칫했다. 역시 습관이란 무서운 거다.

부부가 저마다 어떤 습관을 갖고 생활하는지 타인은 모른다.

사실은 본인도 모른다.

비교할 데가 없기 때문이다.

부부는 일단 지속적인 관계다. 40대 초반이었을 때 친구들이 하나같이 남편에게 정이 떨어졌다고 했다. 모이기만 하면 남편 욕이었다.

남편은 아내가 그런 생각을 한다는 걸 알고 있을까? 그 남편을 붙잡고 "당신 부인이 어느 날 갑자기 증발하면 어쩔 거예요?"

하고 물으니, 그는 하늘만 쳐다보다가 슬픈 얼굴로 "나, 울 거야"
라고 했다.

어떤 남편은 "그럴 리가 있나. 내가 얼마나 사랑해주는데"라고
했다.

남자란 참 어수룩한 동물이다.

나는 적당한 시점에 단념했지만, 오래 지속되어 10년이 된 부
부는 부부생활 30년의 실력을 발휘한다.

오십 넘어 사이가 좋아진 부부는 손으로 때리든 발로 차든 꿈
쩍도 하지 않는다.

일본어로 표현하면 잘 와 닿지 않는 '사랑'이라는 단어를 뛰어
넘는다.

미운 감정이 어느 정도 포함되더라도, 그 미운 마음이 정을 강
하게 만든다. 정이야말로 오히려 말로 표현하는 게 불가능하다.

밤에 이혼하자고 했다가 아침이 되면 정기예금에 대해 의논
하는 것이 부부다.

참으로 영문을 모르겠다.

그런데 부부는 영문을 모르는 게 좋은 거다.

부부에겐 과학이 필요 없다. 과학이 끼어들 틈이 없는 곳이 아
직 존재한다고 생각하니 왠지 든든하다.

TV에서 방영되는 치매 관련 프로그램을 즐겨 본다. 이제 나도

머지않았다는 절박감이 느껴질 때가 있다. 수십 년을 같이 산 할아버지와 할머니가 과거에 어떤 일이 있었는지 다 잊었으면서도 오래 쓴 걸레처럼 낡아 빠진 몸으로 서로에게 의지하는 모습을 보면 어떤 말도 나오지 않는다.

치매에 걸린 할아버지가 답답했는지 할머니를 때린다. "왜 때리세요?" 하고 할아버지한테 물어도 소용없겠지만, 그 질문을 듣자마자 한순간 할아버지의 눈빛이 제정신으로 돌아온 듯 맑아지더니 "내가 애정을 표현할 수 있는 방법은 이것밖에 없어요" 하고 눈물을 주르르 흘렸다.

그 눈물의 의미나 뇌의 메커니즘은 이해할 수 없었지만, 보는 나도 울고 있었다.

🌿 조몬인

나는 조몬시대* 인간인 것 같다고 생각할 때가 있다. 해가 갈수록 나의 조몬 지수가 높아진다.

어릴 때는 누구나 조몬인이었다.

개중에는 문화 지수가 조금 높은 야요이**인도 있었다. 그런 아이들은 머리를 도련님 스타일로 자르고 풀을 먹여 빳빳하게 다린 셔츠를 입고 다녔기에, 옆에 있으면 짜증이 나면서도 선망의 눈빛으로 바라보게 되는 건 어쩔 수 없었다.

학교에 들어가 조몬인도 인류 역사의 길을 걷게 된다. 혼자 걷는 게 아니라 모든 지구인과 함께 선택하지도 않은 시대를 걷는

---

* 일본의 선사시대 중 기원전 1만3천 년경부터 기원전 300년까지의 기간. 일반적인 석기시대의 구분으로는 중석기에서 신석기에 이르는 시기이다. 조몬(繩文)이란 명칭은 이 시대의 토기에서 볼 수 있는 새끼줄 문양이라는 뜻의 한자어에서 비롯되었다.
** 조몬시대 이후부터 3세기에 걸친 시기

것이었다. 그렇게 나는 쇼와시대 거의 대부분을 살았다.

나는 전쟁을 아는 아이였다. 내란이 아니라 전쟁이다. 파란 눈에 분홍색 피부를 가진 엄청난 부자와 전쟁을 했고, 원자폭탄이 떨어졌고, 눈을 떠보니 일본은 불바다가 되어 있었다. 내가 전쟁을 시작한 건 아니지만 굴욕이 나를 덮쳤다.

원래부터 부자가 아닌 데다 전쟁을 치르면서 일본 국민은 모두 조몬인이 되었다. '무'에서 생산을 시작했고, 고구마, 감자로 끼니를 이어가고, 더러운 기모노를 입고도 태연했다.

내가 학교에 다닐 즈음에 가까스로 야요이시대 정도가 되었다. 입맛에 맞지 않는 민주주의라는 것이 수십 년간 축적된 압도적인 힘으로 마치 그치지 않는 비처럼 우리 머리 위로 쏟아졌다.

그리고 같은 피부색의 몇몇 외국을 침략한 사실에 대해 고개 숙여 반성하고 사죄했다. 일본은 결코 용서받지 못할 짓을 저질렀다. 하지만 영국은 과거의 식민지에 사죄했던가? 미국은 타인의 땅을 약탈한 죄로 추방당하지 않아도 좋은가?

패하면 이긴 나라에게 불평을 해선 안 되는 모양이다. 그러나 무엇을 목표로 한 것인지 어느 나라를 모방할 셈이었는지 일본 국민은 흔치 않은 선량함과 근면함과 과묵함으로 오늘날까지 평화를 유지하며 개인의 권리를 훌륭히 지켜왔다.

그런데 요즘 일본인들은 어떤가? 권리는 주장하는데 권리와 세트로 따라오는 의무는 아무래도 싫어하는 것 같다. 책임지지 않아도 되는 안전한 자리에서 반대만 외치는 것이 정의인 모양이다.

인간은 평등하다는데, 사실은 그럴 리 없잖아? 머리 좋은 놈도 있고 재능 있는 놈도 있고 다들 불공평하게 태어난다.

인간이라면 누구나 숙명이라든지 운명 같은 것을 갖고 태어난다고 하지만 어느 시점에 포기하는 것이 현명하며 나름대로 열심히 살기만 하면 된다. 민주주의를 표방하는 선진국은 대부분 기독교 국가여서 태어날 때부터 하나님과 나만의 독립적인 관계가 형성되었지만, 일본에는 수많은 신이 존재하기에 인간들끼리 서로 얼굴을 마주보며 안심하고 동조하고 납득하는 삶을 살아왔다.

애매함이 몸에 배었으니 늘 애매하게 살아왔을 뿐. 그게 뭐가 나쁜가.

하양과 검정 사이의 그레이존을 자유자재로 오가는 삶.

평등은 도무지 입맛에 맞지 않는다.

부모가 죽으면 재산을 자녀들에게 똑같이 나눠야 한다고 하는데, 큰며느리가 치매 걸린 시어머니를 10년 돌봐도 자기 몫을 주장할 수 없다는 게 말이 되나 싶다. 형제들이 우르르 몰려와 재판을 받는다. 부끄럽지도 않은가? 떳떳하지 못하니 법률까지 들고 나온다. 나한텐 재산 따위 물려줄 부모가 없어서 그렇게 생각하는 걸까? 나도 지폐가 잔뜩 든 알루미늄 케이스를 받을 수 있는 입장이라면 이렇게 점잖은 말은 못할지도 모른다. 과학 기술이 빛보다 빠른 속도로 진보하는 이 시대에 서민의 비애가 앞으로 어떤 양상으로 변화할지 짐작하기가 쉽지는 않다.

나는 쇼와시대가 끝난 후로 세상의 변화에 따라갈 수 없게 되었다. 옛날 같으면 벌써 뒤로 물러나 은거할 나이인데 과학의 발전이 수명을 연장시키는 바람에 좀 더 살아야 한다.

나는 슈퍼마켓 계산대에서 기계를 조작하며 "네, 이천육백오십 엔입니다"라고 로봇처럼 말하는 아가씨한테서 물건을 사고 싶지 않다.

채소가게 아저씨와 "색깔이 좀 안 좋네. 깎아줘요" "그러면 남지도 않아요. 저 좀 봐주세요" 하고 실랑이하는 게 장보는 재미 아닌가? 멋을 잔뜩 부리고 채소가게 앞을 지날 때 "예쁘게 차려입고 어디 가요?"라고 묻는 아저씨를 보고 "헤헤헤" 웃는 게 사는 거라는 생각이 든다. 컴퓨터가 내장된 물건에 버튼이 두 개 이상 달려 있으면 불끈 화가 치밀기 전에 '아아, 너무 오래 살았다'며 죽고 싶어진다. 우리 집 팩스의 네모난 창은 수시로 다섯 색깔로 빛난다. 빛을 내달라고 부탁하지도 않았는데 '잉크 리본을 교체해주세요'라며 파란색으로 빛나고 '수신 모드로 설정해주세요'라며 주황색으로 빛난다. 버튼을 모조리 눌렀더니 이번엔 초록색으로 번쩍번쩍. 문을 닫고 자다가 한밤중에 깨어 화장실에 가는데 창문이인공적인 초록빛으로 번쩍번쩍 빛나고 있었다. 벌써 3일이나 빛나고 있다. 불쾌한 빛이다. 이럴 때 꼭 떠오른다. 어린 시절 조몬 시대에 내가 가장 좋아했던 심부름은 장작으로 목욕물을 데우는 일이었다. 질리지도 않고 불꽃만 내내 바라보았다. 보라색에서 초록으로 몸을 비틀다가 성대한 오렌지 빛 불꽃이 되어 활활 타오르는 모습을 이보다 아름다운 것은 없으리라 되뇌며 한없이 바라보았다.

나는 추위를 많이 탔기에 무엇보다 따뜻해서 좋았고, 자칫 잘못하면 불똥이 튀어 화상을 입을 수도 있었지만, 불꽃 옆에서 몸의 반쪽이 발그스름하게 익어가는 느낌이 좋았다.

나는 그때 고대로부터 줄곧 이어지는 불꽃을 보고 있는 거라 믿으며 내가 앞으로도 의지할 수 있는 무언가를 불씨처럼 몸속에 저장해둔 것 같은 느낌이 든다.

나의 전쟁도 봉화를 올렸던 시대에서 멈추고 싶다.

🌿 오히나사마

어릴 적 내겐 오히나사마*가 없었다. 예순이 넘어서야 '왜?'라고 생각했다.

오히나사마 앞에서 고운 예복을 입고 거기에 턱받이까지 두르고 아직 젊은 엄마에게 안겨 멍하니 정면을 보고 있는 사진 한 장쯤 있어도 좋지 않은가? 그런 게 없다.

그 무렵이라면 우리 집에 하녀가 있었던 지극히 짧은 시기와 겹친다.

오빠는 불꽃을 튀기며 달리는 전기기관차 레일을 마룻바닥에 가득 깔아놓고 놀았고, 아버지는 집 안에 미끄럼틀을 설치해주었다. 오빠는 마당을 달리는 자동차까지 갖고 있었다. 자동차에 쏙 들어가 핸들을 잡은 오빠 옆에 긴타로**처럼 머리를 짧게 자른 땅딸막한 내가 다리를 X자로 꼬고 서 있는 사진이 있다.

아버지는 첫아이인 오빠에게만 관심을 쏟았던 것 같다.

패전 후의 혼란기라 먹는 것조차 쉽지 않았는데도 부모님은 자식을 순풍순풍 생산했다. 믿기 어려운 일이다.

자그마한 동생들이 집 안에서 꿈틀대거나 날뛰던 어느 날, 엄마가 색종이로 오히나사마를 만들었다.

어디서 배우고 익혔는지 천황과 황후 부부인형과 세 궁녀 인형을 옷장 위에 나란히 올렸다.

집 안이 화사해졌다.

아마 그때 나는 열두세 살이었던 것 같은데, 다정한 사람이 아니었던 엄마에게서 처음으로 따스함을 느꼈던 기억이 난다. 그 오히나사마가 동생을 위한 인형이라는 건 알았지만 그래도 기뻤다.

하지만 그때뿐이었다. 이듬해 엄마는 오히나사마 따위 만들 생각도 하지 않았다.

그 해에 오히나사마를 만든 건 나였다.

지난해의 화사함과 다정함을 재현하고 싶었다. 나는 동생들의 보호자가 된 기분이었다. 내가 만든 오히나사마도 엄마가 만든 것 못지않았지만, 나란히 올렸을 때 지난해처럼 흥분되거나 기쁘진 않았다.

＊ 3월 3일 여자 아이들을 위한 축제인 히나마쓰리 때 진열하는 작은 인형
＊＊ 전설 속의 인물인 사카타노 긴토키의 아명인데, 그를 소재로 한 이야기가 소설, 만화, 애니메이션 등으로 많이 만들어졌다.

나는 동생을 위해 엄마가 한 번 더 만들어주길 바랐던 것 같다. 빨간색과 분홍색의 싸구려 색종이를 접는 엄마에게서 그 순간 피어올랐던 다정한 기운을 원했던 것이리라.

동생이 색종이로 만든 오히나사마를 기억하는지는 모르겠다.

나는 스무 살이 넘어서야 나만의 오히나사마가 갖고 싶어졌다. 그 당시 꽃병에 복숭아꽃을 꽂아두곤 했는데, 꽃병 옆의 공간이 내게 오히나사마의 부재를 알렸다. 오히나사마를 향한 갈망이 마음을 아련히 적셔왔다.

스물셋에 결혼할 때 선물 받은 볼록한 찻잔이 있다.

실굽이 높고 까만색이었는데, 그 까만색이 동그스름한 찻잔의 아래 20프로 정도 선까지 이어졌다.

찻잔을 뒤집어 실굽 안에 달걀을 넣으니 쏙 들어갔다.

두 개 나란히 놓고 그 밑에 빨간 천을 깔자 간단하면서도 추상적인 오히나사마가 완성되었다.

꽃병에 복숭아꽃을 꽂으니 그곳은 이미 히나마쓰리를 위한 작은 공간이었다.

나는 내 아이가 태어나기까지 7년간 매년 라프카디오 헌*의 〈오소리〉**에 나오는 것 같은 눈코 없는 반들반들한 오히나사마를 진열해놓고 혼자 만족했다. 그런데 태어난 아기는 남자아이였다. 오히나사마는 서서히 잊어갔다. 아들이 세 살이 되었을 때 고이노보리를 직접 만들었다. 일곱 마리나 줄줄이 아파트 베란다에 매달아 놓았다. 이상야릇하게 생긴 것이 화려하기만 하여 눈에 확 띄었고, 보는 사람마다 웃었다.

아들이 크고 나니 나만의 오히나사마가 갖고 싶어졌다. 갖고 싶은 걸 살 수 있게 되자 욕심이 생겼다. 인형 가게나 백화점에서 파는 오히나사마 얼굴은 마음에 들지 않았다.

오히나사마를 가지지 못했던 오랜 세월이 이상형에 대한 갈구로 나타났다.

내 머릿속에 완성된 오히나사마는 버드나무 목각에 비단 헝겊을 붙인 큼지막한 몸집에 동그스름하고 포동포동한 얼굴의 천황과 황후 인형 한 쌍이었다.

교토까지 찾으러 갔지만 그런 오히나사마는 없었다. 시대별로 유행이 있는 모양이었다. 내가 마음에 그려온 오히나사마는 어디에 가면 있을까?

아마 어디에도 없을 것이다.

나무로 조각을 만드는 친구가 3년 전에 천황과 황후 인형을 만들어주었다. 나뭇결이 그대로 살아 있는 동글동글한 얼굴의 오

＊ 영국 출신으로 일본에 귀화한 작가. 일본 이름은 고이즈미 야쿠모
＊＊ 라프카디오 헌의 《괴담》에 실린 이야기 중 하나로 달걀귀신이 등장한다.

히나사마였다. 오히나사마가 놓인 선반을 보니, 몇 종류나 되는 나무 색깔이 줄무늬에 반듯이 맞춰져 있어 깜짝 놀랐다. 이것이 바로 내가 원했던 오히나사마라고 생각하게 되었다.

복숭아꽃 옆 나무상자에서 나만의 오히나사마를 꺼낼 때, 이미 할머니인데도 기분만큼은 소녀였다.

엄마가 접었던 종이 오히나사마를 떠올렸더니 옅은 원망이 스르르 피어올랐다.

🌿 냉이는 저리 비켜

봄이 끝날 무렵 마당을 둘러보면 녹색 풀이 무성하게 자라 있
다. 그제야 '아, 여름이 되면 풀이 자라지' 하고 놀란다. 매년 깜짝
놀란다. 그러고 잡초를 뽑는다.

겨울이 끝날 무렵 자그맣고 부드러운 싹을 보면 '아, 봄이 왔
구나' 싶어 기쁘다. 매년 기쁘다.

나무가 싹을 키우면서 힘차게 살아가는 모습을 보면 기쁘면
서도, '식물은 좋겠다, 매년 새로운 삶을 사는구나, 나는 봄이 왔
다고 해서 얼굴이 새로워지는 것도 아니고…'라며 불평한다. 매년
불평한다. 새싹을 볼 때마다 조금씩 더 할머니가 된다.

쭈그리고 앉아 풀을 뜯는다.

개망초를 쑥쑥 뽑으면서 왜 나는 뜯을 풀과 남길 풀을 구별하
나 생각한다. 쑥도 뽑고, 쇠뜨기도 뽑고, 삼백초도 뽑는다. 삼백초
를 뽑은 후엔 반드시 손가락 냄새를 맡아본다. 쑥을 뽑다보면 히

나마쓰리 때 먹는 쑥떡이 눈앞에 어른거린다. 쑥이 송이버섯만큼 귀하다면 싱글벙글했을 것이다. 그렇다면 풀을 뽑는 이유는 너무 많기 때문인가? 무엇에게? 인간에게. 인간은 참 이기적이라고 생각하면서 내 어깨까지 오는 밉살스러운 쑥을 잡아 뜯는다.

크면 뭐든지 밉살스럽다. 아들이 아기였던 시절을 떠올려본다. 정강이에 털이 수북하게 자란 아들도 이 쑥만큼 밉살스러운가? 힘껏 뽑아버린다. 괭이밥을 캔다. 괭이밥이 가련하게 생긴 노란 꽃을 피우고 지구에 섬세한 뿌리를 박고 잎을 펼친 채 제법 끈질기게 매달려 있다. 나는 실 같은 줄기가 끊어지지 않도록 손가락으로 살살 파내며 조심조심 땅에서 떼어냈다. 사르르 벗겨질 때의 쾌감에 가슴이 시원해진다.

이런 여자, 있다. 가련해 보이고, 연약하고, 그런데도 끈질긴 여자, 눈에 띄지 않게 끈적끈적 달라붙는 여자가. 그런 여자는 풀로 치면 괭이밥일까? 나는 괭이밥은 아니군, 하며 냉이를 뽑는다. 혹시 냉이일까? 냉이를 가난뱅이풀이라고 부르기도 한단다. 성장은 엄청 느린데 비나 바람에 잘 휩쓸리지 않는다고. 자세히 보니 작고 하얀 꽃이 귀엽다. 언뜻 보면 먼지처럼 보이기도 하지만.

그러고 보니 어릴 때 세모난 냉이 잎을 아래로 쭉쭉 당겨 떼어내어 귀 언저리에서 흔들며 놀았던 기억이 난다. 차르르차르르 소리가 났던가? 그 작은 소리를 언제까지나 듣고 싶었다. 그럴 때 아이들은 꼭 쭈그리고 앉는다. 친구도 쭈그리고 앉아 똑같은 행동을 하며 "내 것도 들어봐" 하고 자기 냉이를 내 귀 옆에서 흔들었다. 차르르차르르 똑같은 소리가 났다. 그 아이, 누구였더라? 전혀 생각이 나지 않는다. 냉이를 뜯으며 어릴 때처럼 흔들어볼 마음도 생기지 않는다. 그럴 여유가 없다. 너무 많이 자라서, 냉이를 절멸시켜야겠다는 생각뿐이다. 에잇, 에잇, 역시 나는 꽃이 먼지처럼 보이고 거칠기만 한 냉이다. 에잇, 에잇. 냉이를 뽑다가 꽃이 떨어진 은방울 잎을 발견하고 '오, 오, 여기 있었어? 다행이다, 아아, 밟았으면 어쩔 뻔했어' 하고 소중히 지켜주다가, 다시 냉이를 보면 비록 내 몸과 같은 존재라도 역시 '성가시다, 없애버리자'라며 함부로 하게 된다. 지켜주고 돌보고 비료를 주고 사랑스러운 눈빛으로 은방울꽃을 바라보는 건…, 맞다, 남자가 미인을 대하는 태도다. 위쪽을 쳐다보니 부용이 하얀 꽃을 곱게 피워놓았다. 이쪽이 더 예쁘고 화려하네. 내가 남자였다면 은방울꽃보다 화려한 부용꽃이랑 자고 싶어 하는 알기 쉬운 남자였을 거야. 그건 어쩔 수 없을 테지. 음, 저리 비켜, 냉이.

🌿 찻집이 있었다

한 살부터 열 살까지 느끼는 시간의 흐름은 영원처럼 길다. 고로 유년시절은 영원하다.

65세가 되어 지난 10년을 되돌아보니 정말이지 순간이었다.

고로 지금의 10년 전 기억은 마치 어제 같지만 거의 공백에 가깝다. 없는 거나 마찬가지인 인생이었다. 어제의 10년 전은 이미 희미하다. 어제가 추억이 되었다.

10년 전엔 스타벅스가 없었다. 아마도.

소규모 찻집이 아직 많은 시절이었다.

찻집에는 다양한 인생이, 그 시절의 세상이 담긴다.

20년 정도 전인 것 같은데, 옆자리에 대여섯 명의 남자들이 앉아 있었다. 나는 찻집에서는 늘 귀를 쫑긋 세운다.

"그러니까 한 층의 이윤을 좀 더 올려야 해. 단순 계산으로도 금방 나오잖아."

"하지만 말이야." "그런 말이나 하고 있으면 아무것도 안 돼. 사실상 적자로 이러지도 저러지도 못하고 있잖아." 무슨 사업일까? 남자들은 차림새도 점잖아 보였다. "사장은 고리타분해. 지금 적자가 제일 심한 게 어딘지 뻔히 알면서"라고 하는 걸 보니, 제법 수완 좋은 경영자인가보다.

"그러니까 소아과를 전부 없애야 돼."

의사였나?

호오, 소아과는 돈이 안 되는구나.

그래도 소아과를 없애는 건 불가능하지 않나? 의(醫)는 인술(仁術)인데.

소아과를 없애자고 역설한 남자가 문득 천해 보였다.

세월이 지나고 보니 정말로 소아과가 거의 없어졌다.

요즘 병원에 갈 때마다 그 찻집에 있던 남자들이 생각난다. 역시 수완이 좋은 사람이었다, 그 남자는.

10년쯤 전, 나보다 서른 살이나 젊은 남자와 으스레한 찻집에 앉아 있었다.

나는 습관적으로 구석 자리를 찾았다. 마침 비어 있었다. 구석 자리에서는 가게 전체를 바라볼 수 있다. 어두웠지만 근처에 창문이 하나 있었다. 초록 잎으로 둘러싸인 세련된 격자창이었다. 그

초록 구멍을 통해 들어오는 햇빛이 눈부셨다. 그 창 옆자리에는 젊은 남자와 여자가 마주보고 앉아 있었다. 남녀의 흔한 데이트 풍경이었다.

내 앞의 젊은 남자는 하찮은 이야기를 주저리주저리 떠들어 댔고, 나는 그 하찮은 젊음이 부러웠다. 아줌마인 나는 아마 들뜬 표정이었을 것이다. 그러다 젊은 남자가 갑자기 "재밌는데? 저기 봐요. 너무 노골적으로 보지는 말고" 하면서 눈을 반짝반짝 빛냈다. 젊은 남자의 얼굴은 내 쪽을 향했지만 눈동자는 오른쪽 끝에 치우쳐 있었다.

나도 천천히 눈을 왼쪽으로 모았다. 마주보고 앉아 있으니 두 사람의 눈동자가 자연스럽게 그런 형태를 띠었다.

데이트 중인 남자와 여자가 보였다. 남자가 테이블 위로 손을 뻗어 여자의 팔을 잡고 필사적으로 뭔가를 호소하고 있다. 여자가 팔을 움츠리고 팔짱을 꼈다. 남자는 거부당한 손을 그대로 테이블에 올린 채 몸을 앞으로 숙이고 계속 뭔가를 열심히 설명했다.

"오오, 차이는 순간이군." 내 앞의 젊은 남자가 버라이어티 쇼의 아줌마 패널 같은 반응을 보였다.

남자가 제법 잘생긴 데다 좋은 집안의 도련님처럼 귀티가 흘렀다. 여자도 품위 있어 보이고 지적인 매력이 느껴지는 외모였다. 하얀 스웨터와 검정색 바지를 깔끔하게 차려입은 누가 봐도 멋진 아가씨. 거리를 싸돌아다니는 요즘 여자 애들 같아 보이지 않았다.

"안 되겠네. 저 여자한텐 이미 새 남자가 있어."

"그런가? 참하고 괜찮은 여자 같아 보이는데."

둘 다 눈동자를 한쪽으로 모으고 있다.

"잘 어울리는데."

"그래도 딴 남자가 있어."

여자는 팔짱을 긴 채 한마디도 하지 않았다. 남자는 팔을 그대로 테이블에 놓은 채 등을 들썩이기 시작했다.

"봐봐, 운다."

"이제 여자가 박차고 나갈 차례네."

정말 그랬다. 여자가 벌떡 일어나 계산서는 그대로 두고 종종걸음으로 예쁘게 걸어 가게 밖으로 나갔다.

"찻값은 남자가 내야겠구나."

여자가 일어날 때, 남자는 팔을 허무하게 앞으로 내밀었었다.

고개를 테이블 위로 털썩 떨구고 어깨는 더 크게 들썩거렸다. 이제 목소리까지 흘러나왔다.

"어흑, 어흑."

"청춘이구나." 내 앞의 남자는 울고 있는 남자보다 젊다.

"저런 여자는 나빠요.""어떻게 알아?" 사실은 나도 알고 있었다. 저런 여자는 나쁘다. 제일 감당하기 어렵다. 악녀는 천사의 모습으로 온다.

"5월이네." 내 앞의 남자가 말했다.

네모난 초록 창으로 들어오는 빛을 한가득 받으며 남자가 하염없이 울고 있다.

반짝이는 초록빛 속의 고귀한 청춘. 보는 것만으로는 진실을 알 수 없다. 사람들은 이야기를 그저 멋대로 만들고 싶을 뿐이다. 스타벅스에서 이별하는 사람도 있을까?

🌿 고양이한테 금화*

무엇이 성공이고 무엇이 실패인지 나는 잘 모르겠다.

완벽과 절대라는 단어는 내 사전에 없다.

꿈과 희망은 품지 않는다.

내일보다 오늘, 지금, 현재가 힘에 부쳐, 짬이 생길 때마다 과거의 일을 소처럼 멍하니 반추한다.

누군가 나더러 전속력으로 후진하고 있는 것 같다는 말을 했다.

후회스럽고 어리석은 인생이었지만 다시 태어나도 완전히 똑같이 살 것 같으니 다시 태어나고 싶지 않다.

바보같이 돈을 길거리에 버린 적이 있다.

지인을 출판 파티에 데려다주기로 했다. 그때 나는 고무 샌들

---

* 가치를 모르는 사람에게는 보물도 소용없다는 뜻의 속담. '돼지에 진주'와 비슷한 의미이다.

에 가위로 밑단을 대충 자른 청바지에 남성용의 검정 스웨터를 입고 있었다. 파티장 현관에서 친구를 내려주는데, 알고 지내는 편집자가 달려와 내 손을 잡아당기며 집요하게 들어오라고 권했다. '이런 차림으로는 좀…' 하며 저녁 8시에 아오야마 거리를 달려 영업 중인 가게로 뛰어들었다.

우선 마네킹이 입고 있는 정장을 벗기고, 검정색 니트를 찾아달라고 했다. 피팅룸에서 더러운 내 옷을 차례차례 짓밟으며 갈아입었다. "아가씨, 검정색 스타킹 있어요?" "검정색 신발 있어요?" 요구하는 것마다 척척 찾아주는 대단한 가게였다. 돈이 없어 카드를 내밀었다.

엇? 엇? 3만9천 엔은 너무 싼데, 혹시 39만 엔? 그럴 리가 있나?

숫자를 뚫어져라 쳐다보았다.

나는 명품이 뭔지 몰랐다. 내가 들어간 가게는 막스마라였다.

조금도 어울리지 않았지만, 친구들에게 '요코의 막스마라'라는 별명을 얻었다. 그 후로 한 번도 입지 않았다.

삼라만상 '가장 에로틱하다고 생각하는 것'이라는 앙케트에 답하며

이 질문은 잘못된 게 아닌가 싶다.

세상에 에로틱하지 않은 게 있을까?

삼라만상 전부 에로틱하다.

예를 들어 바다에 간다고 하자.

샤워, 샤워, 샤워, 하고 하얗게 거품이 이는 파도가 손가락처럼 모래 위를 기어온다.

샤워, 샤워, 샤워.

레이스 달린 슬립을 끌어내리려는 듯 손가락이 다가온다.

조금 먼 곳을 바라보니 수면이 넘실거리며 밀려온다. 남자를 만나러 가는 여자의 가슴속과 무엇이 다른가.

태양이 떨어진다.

구름이 피로 물들고 금색 테두리가 허물어진다. 정말 망측하다.

바람이 부니 팔에 난 털이 사르르 일어나 나부낀다.

모래 위에 달라붙은 작은 풀을 자세히 보면, 노란 꽃을 한껏 피우고 작은 성기가 애쓰는 게 느껴진다.

멀리서 아이 목소리가 들린다.

누구야? 저 애를 낳은 것은.

"밥 먹자~." 엄마 목소리가 들린다.

저 엄마는…. 그만둘게.

예술이란 대체로…그만둘게.

언어라는 것은…그만둘게.

우주는…그만둘게.

✿ '고바야시 히데오상' 수상 연설

이처럼 훌륭한 상을 제가 받게 되어 세상도 놀랐겠지만, 아마 가장 많이 놀란 건 저 자신일 겁니다. 고바야시 히데오 선생님께서 역정을 내시지 않을까 염려됩니다. 이미 고인이어서 다행입니다.

나카자와 신이치 선생님, 그 위대한 지성의 관대함으로 저 같은 사람이 나란히 섰다는 점, 아무쪼록 용서해주십시오.

이 상을 계기로 앞으로 더욱 노력하고 분투하라는 뜻인 줄은 알지만, 제가 나이 들어 심신이 쇠약해진 상태입니다. 게다가 여러분도 잘 아시는 바와 같이, 이 책은 누구를 위해서도 무엇을 위해서도 도움이 되지 않습니다. 그런데도 책으로 만들어주신 지쿠마쇼보의 도키야 씨에게 진심으로 감사드립니다. 또 심사위원 여러분, 지금 문득 정신을 차리지는 말아주십시오.

저는 그림책 작가입니다. 그림책에 대해서라면 약간의 자부심이 있습니다. 그러나 글쓰기에 관해서는 완전 초보라서 스스로 뭘

가를 쓰고 싶다거나 써야겠다고 생각한 적이 없습니다. 책은 많이 읽었지만 누군가의 영향을 깊이 받을 만한 교양의 바탕도 깔려 있지 않고 그럴 능력도 없었다고 생각합니다. 다만, 제게 계속 자극을 주는 것이 있다면 야마시타 기요시의 글입니다. 하지만 제게는 그런 선천적인 특이성이 없습니다. 언젠가 그처럼 마지못해 글을 쓰면서도 알몸의 육체와도 같은 무구한 영혼을 이 세상에 내놓을 수 있는 날이 오기를 꿈꾸고 있습니다.

제게는 치매 걸린 아흔 살의 어머니가 있습니다. 제가 누구인지 인식하는 것조차 불가능한 상태입니다. 지난번에 엄마 침대에 같이 누워서 "엄마, 아버지는요?" 하고 물으니 "어머나, 나 한동안 아무 짓도 안했어"라고 하시더군요. 아무 짓이란 어떤 짓일까요? 엄마는 여덟 명의 아이를 낳았습니다. 엄마의 인생을 생각하면 저도 피로해집니다.

"아, 피곤하다. 엄마도 피곤하지? 나도 지쳤어. 같이 천국에 갈까? 대체 천국은 어디 있을까?" 하고 물었더니, "그래? 의외로 근처에 있는 모양이야"라고 작은 소리로 대답하더군요.

오늘 정말 감사했습니다.

● 제3회 '고바야시 히데오상' 수상작은 사노 요코의 《하나님도 부처님도 없다》와 나카자와 신이치의 《대칭성 인류학 카이에 소바주 5》였다.

4장

아무래도 좋은 일이 지나치게 많은 일생이었다.
이런 생각도 강하게 든다. 살아도 살지 않아도
크게 다를 바 없는 일생이었다는….
하지만 필사적으로 살아냈다.
두 번 다시 이렇게는 할 수 없으리라
생각되는 일도 이를 악물고 해냈다.

🕊 강을 건너온 하얀 사자*

　무의식이라는 것을 발견한 사람은 프로이트라는 학자라고 한다. 발견이 아니라 발명이 아닌지 의심스럽긴 한데, 요즘은 일반인도 '무의식, 무의식' 하고 자주 입에 올린다. 심리학자나 지식인들은 격이 한 단계 높은 '의식하'라는 말로 표현하기도 하지만 일반인인 나는 아무래도 거북하다. 집집마다 수도가 설치되어 있어 필요에 따라 수도꼭지를 비틀면 물이 방출되는 것처럼, 무의식이라는 단어도 각자에게 준비되어 있어, 사소한 사건, 예를 들어 냉장고에 오이랑 같이 지갑을 넣은 걸 타인에게 들키면 "무의식적으로 나도 모르게 그만" 하고 변명하거나 "머리가 어떻게 됐나봐" 하고 겸손한 태도를 보이지만, 정확히 말하면 조심성이 없었다든지 칠칠치 못한 성격이라든지 마음이 딴 곳에 가 있었기 때문일

---

* 이 글은 가와카미 히로미의《어느 멋진 하루》라는 작품에 대한 해설이다.

것이다. 아니면 정말로 치매가 시작되었거나.

제일 곤란할 때는 싸울 때다. "나는 그런 생각 절대 하지 않았어"라고 주장해도 "너의 무의식 속의 소망이 드러난 거야"라고 하면 받아칠 말이 없어 그저 마음속으로만 '비겁한 녀석!' 하고 외친다. 무의식이 말발 좋은 사람한테 걸리기라도 하면 나는 따돌림 당하는 어린 아이처럼 눈물을 머금을 수밖에 없다. "너는 무의식적으로 장녀라는 특권을 내세워 늘 다른 사람을 억압하려 해." "너는 무의식적으로 너의 외모 콤플렉스를 미인을 공격하기 위한 수단으로 이용하고 있어." "너도 남자한테 무의식적으로 알랑거리잖아. 더구나 성격이 비뚤어져서 마음 있는 남자를 일부러 구박해."

나는 모르는 일이라고 말하고 싶지만, 어쨌거나 나는 의식이 없는 죽은 사람과도 같으니, 비, 비, 비겁하다며 눈물을 머금거나, 착한 척 "아, 그렇구나." "아, 그런가요? 내가 미처 생각 못한 것까지 알려주셔서 감사합니다" 하고 고개를 숙인다.

나 역시 '무의식'을 무기로 갖춰놓고 타인을 비난하는 도구로 자주 활용한다. 프로이트가 발견하기 몇 천 년 전부터 뭔가가 없어지면 '신의 소행'이라고 했고, 오이는 말할 것도 없고 인간이 실종되거나 유괴되어도 '도깨비가 데려갔다'고 했으며, 정신질환자를 두고 '귀신'이 씌었다며 주문을 외고 기도했다. 그때가 좋았다고 말하려는 게 아니다. 무의식의 발견은 인간의 이 세상에 대한 시선을 바꾸고, 자신에 대한 인식도 크게 바꾸고, 공동체를 바꾸고, 사회를 바꾼 위대한 사건이었다고 생각한다.

마음속 깊은 곳은 해부 분석이 불가능한 광대한 우주다.

나의 지식은 없는 거나 마찬가지이니 부정확하기 이를 데 없지만, 무의식의 발견은 '꿈'이라는 신비로운 현상에서 시작되었다고 한다.

역시 프로이트는 대단하다고 인정해야 하는 걸까? 우리는 모두 꿈을 꾼다. 신비로우면서도 기괴한 일이다. 나는 꿈속에서 항상 "앗" 하고 놀란다.

깨어 있을 때는 아무리 간절히 원해도 "앗" 하고 놀라는 일이 그리 쉽게 생기지 않는다. "앗" 하고 놀라고 싶어서 영화 같은 꿈 대용품에 돈을 지불하기도 한다. 내 꿈은 스케일로 보나, 의외성으로 보나, 호화찬란함으로 보나, 그 지리멸렬함으로 보나 그저 꿈일 뿐인데, 내게 능력이 있어서가 아니라 운이 좋으면 잠들자마자 바로 나타나고, 또 운이 좋으면 내 엉덩이가 복숭아가 되어 복숭아를 다 드러낸 채 하늘을 이쪽저쪽 날아다니다가 정신을 차린 순간 복숭아가 된 내 엉덩이가 거대하고 새파란 밤송이를 향해 엄청난 속도로 낙하한다. 떨어지기 직전에 극심한 공포로 잠에서 깬다(딱히 운이 좋은 건 아닌가). 운이 나쁘면 사람을 죽여 잘게 토막 내어 까만 비닐봉투에 담아 리어카에 싣고 밤새 어두운 들판을 헤매다가 극심한 피로로 잠에서 깬다. 꿈의 시나리오는 변경할 수 없으니, 아아, 아아, 아아, 하고 그저 놀랄 뿐이다. 꿈이란 그런 거라고 생각했는데, 여배우 교코 씨는 "꾸고 싶다, 꾸자"라고 마음먹으면 원하는 꿈을 꿀 수 있다고 한다. 그럴 때는 잠들기 전부터 안다고 한다. 게다가 어제 꾼 꿈을 이어서 꿀 수도 있단다. 나는 다른 사람의 비단옷은 전혀 부럽지 않은데, 교코 씨의 꿈에 대한 지배력은 진심으로 부러웠다.

그런데 훨씬 더 굉장한 사람이 나타났다.

가와카미 히로미 씨다. 직접적으로는 모르니 가와카미 씨의 작품이라고 해두자. 나는 이제 할머니라서 젊은 사람 소설은 읽지 않는다. 대개 경박한 남자와 여자가 마구잡이로 자고, 자면 세상이 지옥이 될 텐데 요즘 젊은 사람들은 지옥을 싫어하여 무턱대고 자도 지옥을 슬그머니 피해 나오고, 졸졸 흐르는 봄철의 맑은 시냇물처럼 고운 마음을 소유했는지 행방불명이었던 애인이 돌아와도 주인공 남자는 "다행이다"라는 한마디로 끝낸다. 다행이라는 말로 끝날 리 없거니와 실제로는 말도 쉽게 안 나올 텐데, 기쁨과 분한 마음이 뒤엉킨 나머지 엉뚱한 말을 하거나 엉뚱한 행동을 하게 되지 않나? 갑자기 청소기를 꺼낸다든지. 내가 이렇게 투덜대는 건 할머니가 되어버려서라고 인정하는 게 싫기 때문이다.

가와카미 씨의 책은 읽은 적이 없었다. 《어느 멋진 하루》 첫줄을 읽고 '아, 이건 꿈이다'라고 생각했다. 재미있어서 너무 재미있어서 멈출 수 없었다. 나는 첫줄부터 웃고 말았다.

"곰에게 이끌려 산책을 나섰다." 웃는다. 즐겁지 아니한가, 타인의 꿈을 내 꿈처럼 느끼며 읽는 내내 아하하 아하하 웃었다.

호리병 속에서 "주인니임" 하고 젊은 여자가 나올 때도 아하하 아하하 웃어버렸다.

어느 장면을 읽어도 꿈속 느낌이었다. 마치 내가 꿈꾸는 것 같았다.

나는 교코 씨가 아니라서 같은 꿈은 한 번밖에 못 꾸지만 증거 문자로 인쇄된 이 책이라면 반복해서 꿀 수 있다.

꿈이 어디에 존재하는지 그 장소를 모르겠다. '의식하'라는데, 그렇다면 어디 아래쪽인지, 아래라면 몸 아래인지 뇌 안쪽인지 지구 중심인지 모르겠다. 꿈에서 깨어날 때 생각해보면 꿈이 어딘가 위쪽에서 내려온 것 같기도 하고 아무튼 내 책임은 아닌 것 같다. 늪 속에서 거품처럼 일어난 것 같기도 하다. 어디든 장소가 있는 게 틀림없다. 예쁜 꿈은 하늘에서 내려오고, 악몽은 어두운 곳에서 솟아나는 것 같다.

가와카미 씨는 어디서든 입구를 발견하면 태연하게 성큼성큼 들어갈 수 있는 사람이다.

가서 원하는 만큼 놀다가, 오고 싶을 때 다시 돌아온다. 자리

잡고 놀다보니 세세한 부분까지 똑똑히 보게 된다. 꿈이란 자세히 들여다보면 이토록 재미있는 것이다. 세세한 부분은 포착해도 꿈 속 존재에겐 육체가 없다. 꿈을 꾸고 있을 땐 있는 것 같지만, 사실은 없다. 육체가 없으면 괴롭지도 않다. 우리가 꾸는 꿈은 일방적으로 내려오니 수동적으로 받아들일 수밖에 없지만, 가와카미 씨는 펜 하나로 꿈의 스토리를 지배한다. 현실과 다른 공간과 다른 시간을 조각가가 조각도로 새기듯 완성한다. 나는 이런 소설가를 모르고, 이런 소설도 처음이다.

인간의 크기는 1미터에서 2미터 정도이고 고질라처럼 크진 않다.

몸을 갈라도 살과 내장과 뼈뿐이다. 마음이나 영혼이 어디 붙어 있는지 눈에 보이지 않는다.

외계는 우주로 무한하게 펼쳐져 있다. 우리는 주변 일도 제대로 알지 못한 채 죽는다. 그러나 인간의 내계 역시 끝없는 우주다. 외계의 우주와 마찬가지로 넓고 깊고 끝이 없다. 마음속에도 수만 광년이라는 시간이 살아 있고, 여러 개의 안드로메다 성운을 지니고 있다고 나는 생각한다. 하지만 그것도 제대로 알지 못한 채 우리는 죽는다.

프로이트라는 천재가 무의식을 발견한 것은 별똥별을 보고 "앗, 별똥별은 운석이 떨어지는 것이야"라고 깨달은 것과 비슷한 사건인지도 모른다.

꿈이 발생하는 영혼의 장소에 성큼성큼 들어가 마음껏 놀다가 돌아온 가와카미 씨는 펜을 통해 우리가 꾸지도 않은 꿈을 꾸게 해주었다. 뭔가 횡재한 기분이다.

나는 타인의 꿈을 보고 싶다고 늘 생각해왔다. 불가능한 소망이 가와카미 씨의 소설을 통해 비로소 이루어졌다.

게다가 내 꿈의 세세한 부분을 가와카미 씨가 완성해주기도 한다. 깜짝 놀라 잠에서 깨어 결말이 사라진 꿈을 부여잡고 침대 위에 멍하니 앉은 나는 언젠가 꿨던 꿈을 몇 가지 떠올렸다. 강을 건너온 하얀 사자가 둑 위에 앉은 내 옆으로 다가온다. 우리는 나란히 앉아 강을 바라본다. 나는 기쁜 얼굴로 이따금 사자의 은빛 털을 힐끔힐끔 곁눈질한다. 어쩐지 그 사자도 나를 좋아하는 것 같다. 바람이 불어 무척 상쾌하다고 생각한 찰나 "배고파"라는 아이의 목소리에 나는 현실로 돌아왔지만, 가와카미 씨라면 그 하얀 사자와 언제까지고 유유히 놀면서 많은 일을 하겠지? 함께 살기도 하고, 어쩌면 사자가 부끄럼쟁이일지도. 나는 꿈속의 하얀 사자에게 가와카미 씨한테 가서 놀다오라고 했다. 이건 또 다른 꿈인데, 덩치 큰 남자친구를 옆에 끼고 서양의 비탈길을 무슨 이유에서인지 필사적으로 달렸다. 문득 보니 남자친구가 철로 변하여 벌겋게 녹이 슬기 시작했고, 급기야 나는 녹이 슨 거대한 페니스를 안고 있었다.

　이런 꿈을 사람들한테 이야기했다가 프로이트 식으로 분석당하면 분명 남자에 미친 여자 취급을 당할 테고, 나의 무의식이 야한 것으로 꽉 차 있다고 여겨질까 두려워, 무의식이라는 단어가 나는 싫은 것이다. 우리는 즐거운 꿈이나 무시무시한 꿈을 꿀 수 있어 안심하고 살아갈 수 있는 것인데, 어떤 훌륭한 사람이 가와카미 씨의 소설에 대해 "무의식 세계를 그려낸 젊은 여성의 재능에 경의를 표한다"라는 글을 어딘가에 적어놓은 걸 보고, 사하라사막의 모래를 손수건으로 한 움큼 쥐어 이것이 바로 사하라사막이라고 하는 것만 같아 괜스레 발끈했다.

　내 꿈속의 녹슨 거대한 페니스도 가와카미 씨한테 놀러 다녀오라고 보내야겠다.

✈ 6석 슈퍼

전쟁이 끝난 후, 아버지가 6석 슈퍼라는 라디오를 사왔다. 집이 네 채밖에 없는 마을이었고 그중에 라디오가 있는 건 우리 집뿐이었다.

학교가 끝나고 구불구불 이어지는 산길을 40분쯤 걸으면 저 멀리 작은 마을이 보이기 시작하는데, 그때 우리 집 라디오 소리가 희미하게 들려오곤 했다.

주변 밭에서 일하는 사람이 라디오를 틀어달라고 부탁했기 때문이었다.

넓은 밭으로 라디오 소리가 어렴풋이 퍼져나가면 왠지 주위가 한층 더 고요하게 느껴졌다.

저녁에는 뒷집 아저씨가 나니와부시*를 들으러 왔다.

---

* 샤미센의 반주에 곡조를 붙여 부르는 일본의 전통음악

아저씨는 툇마루에 똑바로 앉아 열심히 나니와부시를 들었다.

나는 나니와부시가 무슨 내용인지도 몰랐다. 웅웅거리며 소리를 길게 뽑으니 들으면 괴롭기만 했다.

음악과 아저씨는 한 몸이 되었고, 아저씨에게서 소리를 떼어내는 건 불가능하다는 생각마저 들었다.

나니와부시가 끝나면 아저씨는 정중하게 인사하고 돌아갔다. 언제나 거의 아무 말도 하지 않는 사람이었다.

요즘 그만큼 일심불란하고 예의바른 자세로 라디오를 듣는 사람은 없으리라.

'낮의 휴식'이라는 농촌을 대상으로 하는 프로그램이 있었는데, 매일 똑같은 테마 뮤직으로 시작했다.

그 음악이 울릴 때 내 시야에 앞 논과 거기서 일하는 사람과 그 뒤편의 후지 강 모래밭과 첩첩이 겹쳐진 초록 산이 들어왔다. 집 안에서도 밖에서도 같은 풍경이 보였다. 매일매일 같은 풍경이었다. 한낮의 그 시간은 나른하고 고요하고 밝았다.

어느 날 산길이 트이고 논이 보이고 멀리 우리 집이 보이는 곳까지 왔을 때, 어떤 아주머니가 위협적인 자세로 논 안을 엎드려 기어 다니는 모습이 눈에 들어왔다. 같은 곳을 빙글빙글 돌며 "깊어, 깊어"라고 하는 것 같았다. 질겁한 나는 살금살금 발소리를 죽이고 논두렁을 지난 후 뒤돌아 냅다 달렸다.

집 안으로 뛰어들었을 때, 밭일을 해주는 아저씨가 툇마루에 앉아 도시락을 먹고 차를 마시고 있었다. 나는 방금 지나온 논 쪽을 가리키며 엄마에게 설명했다.

아저씨와 엄마와 내가 논 쪽으로 눈길을 주었을 때 논에서 네 발로 기어 다니던 아주머니는 산길로 부리나케 걸어가는 중이었다.

"저 할매, 여우여, 여우. 또 홀릴 뻔했다오. 저기 자주 나타나는데, 아마 강 건너온 게 아닌가 싶어" 하고 아저씨가 말했다. 그때 '낮의 휴식' 음악이 라디오에서 흐르고 있었다.

그런데 얼마 전에 라디오를 듣다가 그때와 똑같은 오프닝 곡이 흘러 깜짝 놀랐다. 30년이나 같은 시각에 같은 음악을 내보내고 있었다.

논에서 네 발로 기어 다니는 아주머니와 그 뒤쪽으로 아득히 먼 곳에 선 자그마한 집이 보이는 듯했다. 그 음악을 듣고 다른 정경을 떠올리기는 이제 어려우리라. 덕분에 나른하고 고요한 시간을 다시 한 번 생생하게 느낄 수 있었다.

🕊 나는 몹쓸 엄마였다

나는 고약한 엄마였다.

친구가 "너처럼 괜찮은 사람이 자식한테 그러는 거 정말 못 봐주겠어. 아니, 보고 싶지 않아"라고 마치 토해내듯 말했다. 너처럼 괜찮은 사람이라는 말은 마음에 들었지만, 오죽했으면 그런 표현을 썼을까 싶기도 했다. 친구 눈엔 내가 정말로 추했던 거다. 아들에게도 들었다. "엄마는 인간으로서는 그럭저럭 괜찮은데, 엄마로서는 정말 꼴불견이야." 인간으로서는 그럭저럭 괜찮다는 말은 마음에 들었지만, 그토록 꼴사나운 짓을 하게 만드는 당사자한테 들으니 더욱 한심한 것이었다. 그래서 나는 아무 말도 할 수 없다. 그러나 자식은 부모가 키우는 것이 아니다. 스스로 자란다. 그리고 부모를 자라게 한다. 만약 나에게 아이가 없었다면, 아이가 있었어도 만약 착한 아이였다면, 나는 엄청나게 밉상인 채로 살았을 게 틀림없다. 만약 착한 아이였다면, 현명하고 지혜로운 엄마로서 내가 교육을 잘 시킨 결과라고 착각했을지도 모른다.

나는 사춘기 아들이 사납게 날뛰던 시기에 거의 매일 눈물로 지냈다. 전부 내 탓이라고 생각했다. 내가 걸어온 모든 길이 아들을 그렇게 만든 것만 같았다. 고맙게도 세상 사람들 모두가 내 탓이라고 했다. 정말 고마웠다. 어떤 이는 "자기 탓이라고 잘난 척하지 마. 너한테 그런 영향력이 있다고 생각한다면, 그건 아이의 영혼을 모욕하는 거나 마찬가지야. 그 아이는 지금 인간으로 성장하기 위한 혼돈기를 거치는 중이야. 아이를 약한 존재로 여기는 건 그 아이에게 실례야"라고 말했다. 어리석은 나는 '정말 그럴까?'라고 귀 기울이지 못했다. 오로지 자책하고, 어찌할 바를 몰라 허둥거리고, 늘 불안해했다. 하는 행동마다 기대와 달리 엉뚱한 결과로 돌아왔다. 하지만 손 놓고 있을 수가 없었다.

그러던 어느 날, 갑자기 착실해졌다. 엄마인 내가 정성을 쏟았기 때문이 아니었다. 아들에게 사랑하는 사람이 생겼기 때문이었다. 멍하니 맥이 풀렸다. 나는 머리를 조아리고 신께 감사했다. "감사합니다. 아들에게 사람을 사랑할 수 있는 능력이 생겼습니다. 그런 위대한 힘을 내려주셔서 감사합니다." 나는 정말 기뻤다. 후, 후, 후, 그 대상이 엄마인 나는 아니지만. 사람은 사람을 사랑함으로써 어엿한 인간으로 성장한다. 이제 안심이라 생각했다. 내 역할은 끝났다. 아들은 아들의 인생을 걷기 시작했다. 되돌아보면 아이 때문에 참으로 즐거운 인생이었다. 어떤 거창한 이유가 있는 건 아니고, 그저 아이가 귀여웠기 때문이다. 어떤 순간에든 '아, 귀엽다'라고 생각했으니 지금도 추억하며 싱글싱글 웃을 수 있는 것이다. TV 앞에 붙어서는 아들 때문에 화가 치밀어서 TV를 집 밖에 내놓았더니, 아들이 연장 코드를 연결하여 TV를 켜고 땅바닥에 드러누워 보고 있었다. 웃을 수 있다, 지금이라면. "그렇게 말 안 들을 거면 나가. 네가 입은 옷 전부 내가 산 거니까 몽땅 벗어놓고 나가." 아들이 팬티까지 벗고 알몸이 된 채 논으로 걸어 나갔다. 귀엽지 않아? 여덟 살의 벌거벗은 남자 아이.

나는 아이가 타인을 사랑할 수 있는 능력만 가지면 충분하다고 생각한다. 남자 아이든 여자 아이든. 거기서 사랑하는 사람과 함께 살아갈 힘을 얻고, 돈도 벌고, 상대를 지킬 마음도 생긴다. 타인과 원만하게 지낼 수 있게 된다. 그렇게 되기까지 나는 무엇을 했던가? 아무것도 하지 않았다. 나는 그저 아들이 귀여웠을 뿐이다. 어리석고 추한 엄마 행세를 했을 뿐이다.

🕊 든든한 순경 아저씨

주소는 도쿄이지만 내가 사는 집은 산 한가운데에 있다. 산 한
복판에 집 두 채가 딱 붙어 서 있다. 주위엔 나무들뿐이다. 차도에
서 집에 이르기까지 불빛이 전혀 없어 달이 안 뜨는 밤이면 먹물
속에 푹 잠겨 있는 것 같다. 집 뒤로도 나무들뿐이다. 걸쭉한 콜타
르로 빈틈없이 칠한 듯한 암흑이다. 집 옆에 큰 주차장이 있는데,
여름에 중학생들이 몰려와 폭죽을 터뜨리거나 하면 그 소리마저
반가울 정도로 쓸쓸하고 음산한 곳이다.

어느 날 밤, 권총 같은 총기가 일본에 많이 밀수되었다는 뉴
스를 보다가 TV 전원을 껐다. 고요해졌다. 다음 순간, 탕 하는 짧
은 소리가 들리고 다시 고요해졌다. 아무래도 총소리 같았다. 잘
못 들은 것이라면 신고했다가 창피를 당할 수도 있어 일단 옆집
에 전화를 걸어보았다. 옆집 아가씨도 들었다고 한다. 두근거리는
가슴을 안고 110에 전화를 걸었다. 5분도 채 지나지 않아 순찰차

소리가 들리고 집 현관에 몸집이 엄청나게 큰 젊은 순경이 섰다. 제복은 강해 보인다. 훈훈한 생김새가 믿음직스럽다. 일본 경찰은 세계 최고.

그는 내 설명을 듣고 "아무것도 아닙니다. 수상한 사람은 없습니다"라고 단호하게 말했다. 오는 시간까지 포함하여 5분도 지나지 않았는데 그만큼 신속하게 수색했나? 든든하지만 수상하다. 갑자기 무서워져서 밤 10시였지만 옆집에 가 있고 싶어 "아저씨, 옆집까지 같이 가주세요" 하고 부탁하니 "예" 하고 흔쾌히 동행해주었다.

옆집 현관 앞에 이르렀을 때 덩치 큰 순경 아저씨가 큼직한 손전등을 아래위로 비추며 "여기 좀 무섭네요"라고 한다. "낮에는 정말 좋은 곳이에요." "아무리 좋은 곳이라도요" 하고 또 손전등을 비춘다. "저기요, 저 안쪽에서 목을 맨 사건이 있었어요." "엣!" 나는 타인의 목에 소름이 돋는 순간을 처음으로 목격했다. 도톨도톨하게 돋은 소름 하나하나에 솜털이 나 있었다. "저 안쪽도 좀 살펴봐주세요." "아뇨, 됐습니다." 됐습니다라니, 당신 순경이잖아? 그렇게 무서워 벌벌 떠는 모습을 보이면 힘없는 시민은 어쩌라고.

나는 암흑 속을 걸어 순찰차가 세워진 곳까지 같이 가주었다.

알, 낳았다

아버지가 나에게 관심을 가지고 과도한 기대와 애정을 품게 된 계기는 똥이었다. 그 시절 내 똥에 대해서는 별다른 기억이 없는데 말이다.

"이 녀석은 대인물(大人物)이 될 거야. 엄청나게 굵은 똥을 쌌어"라고 말하곤 했다.

아, 대인물. 이미 사어가 된 단어다. '대'를 뺀 인물이라는 단어도 잘 쓰지 않는다. 그나저나 태어난 지 3, 4년밖에 안 된 여자 아이한테 할 말은 아니지 않나? 그 말을 들었을 때 어린 마음에도 복잡한 기분이었다. 엄청나게 굵은 똥을 싼다는 걸 기뻐해야 하나, 부끄러워해야 하나.

오빠는 태어날 때부터 몸이 허약하여 늘 설사를 했다. 엄마는 오빠가 변소에 가면 꼭 따라가서 "아가, 오늘도 꾸룩꾸룩?" 하고 물었다. 오빠는 꾸룩꾸룩인지 아닌지 성실하게 보고했다. 오빠가 꾸륵꾸륵이라고 하는 순간, 엄마의 절망적인 표정과 불안한 몸짓은 내게도 보였다. 나는 오빠가 부러웠다. 내게는 단 한 번도 똥의 상태가 어떤지 물은 적이 없었다.

나도 설사를 해서 오빠처럼 엄마를 걱정시키고 싶다고 내심 바랐지만, 나는 갓 돌이 지났을 때 한손에 우엉 튀김, 한손에 아이스캔디를 들고 번갈아가며 다 먹어치웠는데도 배에서 꾸륵꾸륵 소리가 나지 않은 사람이다. 그 일은 우리 집 전설이었다. 왜 그런지 엄마는 그 이야기만 나오면 밉살스럽다는 듯 나를 보았고, 아버지는 믿음직스럽다는 듯 나를 보았다. 엄마와 나 사이를 평생 가로막았던 불화의 씨는 내 똥에 있었던 걸까?

똥 상태가 좋지 않았던 오빠는 열한 살 때 죽었다. 아버지는 내가 열아홉 때 죽었다.

옛날 변소는 똥을 관찰하기에 좋은 구조였다. 아버지는 놀랍게도 단면이 네모난 똥을 누는 사람이었다.

언젠가 아버지 다음으로 변소에 들어갔다가 모난 똥에서 김이 피어오르는 걸 보았다. 아버지는 혹시 치질이었을까?

꾸륵꾸륵 똥을 싸거나 네모난 똥을 누는 인간은 혹시 단명인 걸까?

나는 수십 년간 배변에 대해 아무런 걱정을 해본 적이 없는 사람이었다. 설사나 변비에 걸려본 적이 없다는 뜻이다. 세월은 나를 성인으로 만들었지만, 어느 부분을 점검해보아도 대인물이 될 소지라곤 한 조각도 발견되지 않았다. 내 똥에 기대를 걸고 내가 대인물이 되리라 꿈꿨던 아버지가 요절한 것은 어쩌면 다행이었는지도 모른다.

내 똥을 내가 보면서 감탄하는 일도 종종 있었다. 당당하게 소용돌이 모양으로 휘감기다가 끝부분이 하늘을 향해 뾰족 솟은 똥. 꼭 소프트아이스크림 같았다. 언젠가 보니 히라가나의 'う' 자형 똥이 변기에 누워 있었다.

나는 물을 내린 후 몸속에 남은 똥으로 'い' 자를 그렸다.

그리고 나는 결의했다. 내일부터 50음도를 하나하나 써보겠다고. 'お' 자도 'あ' 자도 훌륭하게 그려냈다. 하지만 그걸 누구한테 자랑할 수 있을까. 증거로 제출한다고 해도 다들 싫어할 것이다. 혼자만의 밀실 속 예술은 덧없이 떠내려갈 뿐이다.

50음은 어디까지 했는지 잊었다. 높은음자리표를 끝으로 그 예술에 종지부를 찍었다.

멋진 똥을 뽑아낼 수 있었던 건 구멍이 훌륭했기 때문일까? 나는 똥을 다 누고 나서 휴지로 닦는 시늉만 해도 되었다. 휴지에 아무 흔적도 남지 않았다. 그렇게 수십 년간 흥했던 나의 똥 천국이 어느 날 혼란기에 접어들고 말았다.

변비에 걸렸다. 믿을 수 없었다. 신경성으로 아직 초기 단계였던 것 같다. 우울증과 함께 변비와 불면증이 동시에 시작되었다. 나는 거의 10년 동안 항우울제와 변비약과 수면제를 복용했다. 우울증의 원인은 방치한 채 대증 요법인 항우울제를 이용한 점을 나는 가장 후회하고 있다.

어쩌다보니 심각한 자율신경 실조증 환자가 되어 있었다.

내 인생은 거기서 두 동강 난 것 같다. 변비약 없이는 똥이 열흘이고 보름이고 나올 생각을 하지 않았다.

약국에서 산 한방 알약을 지정해준 용량의 여섯 배를 먹어도 나오지 않았다. '센나'라는 녹색 분말을 오블라토에 싸서 매일 먹었다. 그리하여 밀어낸 똥은 도저히 대인물의 똥이라고 할 수 없는 것이었다.

아기 이유식에 먹색과 녹색 그림물감을 섞은 것처럼 생겼고, 질척질척하여 형상이라고 할 만한 것도 없었다. 거의 콜로이드 상태였다.

온몸이 아파 뒹굴면서도 센나 분말을 먹고 어쨌거나 배변을 했다.

온몸의 신경이 혼란 상태에 빠져 아무리 작은 일에도 질겁했다.

인간의 똥에서는 고약한 냄새가 난다. 나폴레옹의 똥도 요시

나가 사유리*의 똥도 냄새가 났을 것이다. 그런데 내 똥에서 냄새가 사라졌다. 나는 냄새 나지 않는 질척질척한 똥을 배출했다. 사람들은 신경증으로 내 코에 문제가 생긴 거라고 생각했을지도 모른다. 하지만 나는 밥 냄새가 싫어서 갓 지은 밥을 보면 입덧이라도 하는 것처럼 울컥 구역질이 나곤 했다. 적어도 목욕할 때는 (그당시엔 언제 죽을지 알 수 없다고 생각했기 때문에) 고급스러운 향기가나는 비누를 쓰고 싶어서 '이세이 미야케'의 보석 같은 비누를 사용했다. 그 냄새가 너무 좋아 향수까지 구입했다. 그러니 코가 문제였던 건 아니었다.

똥냄새는 만인이 혐오한다. 자기 똥냄새도 인내하는 데 한계가 있다. 똥이 다른 물질과 결정적인 차이를 지니는 건 바로 그 냄새 때문이다. 냄새가 소실된 똥을 방출하여 나는 기뻤던가? 아니다. 등이 서늘해지도록 소름이 끼쳤다. 아, 결국 나는 인간이 아니게 되는 건가? 내 몸 속에서 대체 무슨 일이 일어난 걸까? 냄새 없는 똥은 본 적도 읽은 적도 소문으로 들은 적도 없다. 배변한 직후에 누군가가 화장실에 들어가려 하면 "안 돼, 안 돼, 조금만 있다가 들어가"라고 말리는 날이 내게 다시 올까?

어쩔 수 없다, 갈 데까지 갈 수밖에 없다. 그 당시의 내겐 냄새

---

* 1945년생의 미와 지성을 겸비한 일본영화계의 위대한 여배우

없는 똥을 염려할 여유가 없었다. 온몸이 칼, 둔기, 폭약, 바이스, 그 외 온갖 흉기로 바스러지고 난도질당하는 것 같았다. 목소리조차 나오지 않는 고통을 참으며 더러운 벌레처럼 뒹굴었다.

몰랐다. 냄새 없는 똥이 이 세상에 존재한다는 것을. 아버지의 네모난 똥은 놀랄 일도 아니었다.

나는 2년 반이 넘도록 냄새 없는 똥을 배출했다.

내가 독충이 된 지 6개월 정도 지났을 때다.

어느 날 배변을 하고 아무 생각 없이 변기를 돌아보았다. 이유식 형상의 암녹색 변이 변기 안에 퍼져 있었다. 그 안에 하얀색의 기다랗고 굵은 끈 같은 것이 동그랗게 둘둘 말려 있기도 했다. 굵기가 1센티 정도였다. 회충인가 싶었지만 회충보다 굵고, 똬리를 틀고 있는 형상이 무엇보다 이상했다. 아, 촌충인가? 나는 그때까지 머리에만 이상이 있을 뿐 몸에는 아무 문제가 없으니 다른 병에 걸릴 리 없다고 근거도 없이 굳게 믿고 있었다. 나는 '그것도 모자라 또 촌충이라니' 하고 지진에다 말벌에게까지 습격당한 기분으로 그 굵은 끈을 내려다보았다.

어쩔 수 없다, 받아들일 수밖에. 촌충은 학교 보건실 포스터에서 본 기억밖에 없다. 촌충이 무시무시한 건 일부가 몸 밖으로 나오더라도 잘려서 남은 일부가 몸속에 남아 자꾸자꾸 성장하기 때문이다. 아, 싫다. 포스터에서 본 촌충에는 가느다란 마디가 있었는데, 지금 변기 속에 있는 끈은 매끈한 관 형태다. 나는 얼굴을 가까이 대고 말끄러미 바라보았다. 이게 대체 뭐지. 나무젓가락으로 찔러보기도 했다.

생물이 아니었다. 두툼한 막이었다. 두꺼운 막으로 감싸인 소시지 같은 모양인데 지나치게 튼튼하여 찔러도 구멍이 나지 않았다. 기다란 콘돔 같기도 했다. 대체 안에 뭐가 들었을까? 열심히 찔렀더니 마침내 구멍이 났다. 놀랍게도 안에도 똥, 콜로이드 상태의 암녹색 똥이 들어 있었다. 끈을 둘러싼 바깥쪽의 걸쭉한 액체와 똑같은 똥이었다.

쭈그리고 앉았다. 이런 걸 배출하는 사람이 또 있을까? 의학적으로 어떤 설명이 가능할까? 이런 똥을 본 의사, 과연 있을까? 가능하다면 이걸 그대로 연구실에 제출하고 싶었지만 그때 나는 태평양 한가운데에 떠 있는 상태였다. 배를 타고 있었다. 정신이 이상해지고 절박해지니 일단 밥을 먹여주는 곳이 필요했고, 또 만약 태평양의 빛나는 바다를 보고 있으면 내 정신도 빛나는 바다에 속아 병세도 호전되지 않을까라는 그릇된 판단을 했던 것 같다. 태평양 한가운데에서 끈 모양의 하얀 똥을 배출하고, 나는 그 징그러운 소시지를 말끄러미 바라보았다. 실물을 보지 않으면 아무도 안 믿겠지. 이 튼튼한 막은 대체 무엇일까? 그 안에 왜 똥이 가득 들었을까? 그것도 1미터나. 하지만 딱히 죽을 것 같지는 않았다. 좀 아깝다는 생각을 하며 물을 내렸다. 아마 태평양 한가운데에서 떠돌다 사라지겠지. 다음날에도 끈이 출현해줄까 조금 기대했지만 그게 끝이었다. 딱 한번이었다. 태평양도 내 정신을 속이지 못했다. 상태가 더 나빠졌다. 40일 예정이었는데 11일로 끝냈다.

그러고 또 몇 개월이 지났다.

나는 집에서도 여전히 독충으로 살았다. 똥에 신경을 쓸 수 없을 만큼 온몸이 아팠다.

담석도 있었고 수술하느라 배를 20센티나 찢은 적도 있었다. 머리가 엄청 큰 아기를 낳을 때 세상에 이보다 더 큰 고통이 있을까 생각했는데 그 정도는 아무것도 아니었다. 앞으로 열 번은 더 머리 큰 아기를 낳아주겠다. 담석으로 구급차를 타주겠다. 이 미쳐버린 정신에 계속 시달릴 바엔.

그날 친구가 왔다. 누군가와 같이 있으면 조금은 시름이 잊히니 이 사람 저 사람 부르고 싶었지만, 1년쯤 지나자 친구도 바닥이 났다. 독충인 나와 마지막까지 함께해준 친구는 딱 한 사람이었다.

일주일에 한 번씩 와서 하룻밤 자고 갔다.

"이제 괜찮아, 너도 일이 바쁜데. 이렇게 기운 없고 더러운 독충이랑 같이 있는 거 싫잖아." "한번 시작했으면 끝을 봐야지. 나중에 죽을 때 어떤 기분인지 자세히 설명해주면 돼."

"자살 아니면 이 병으로는 안 죽어. 흥, 반드시 낫고야 말겠어."

나는 네 발로 기어 변소에 똥을 누러 갔다. 변소에서 나오자마자 친구에게 보고했다.

"나, 알 낳았어."

"엇, 설마 물 안 내렸지?"

"볼 거야?"

"볼래, 볼래."

"정말 볼 거야?"

친구가 나를 밀어젖히고 변소로 들어갔다. 나는 친구 뒤에서 내가 낳은 알을 들여다보았다. 둘이서 변기 옆에 쭈그리고 앉았다.

닭 배를 갈랐을 때 달걀노른자가 나란히 들어 있는 걸 본 적이 있다. 그거랑 꼭 닮았다. 달걀노른자 정도 크기의 동그란 노란색 풍선 같은 것이 몇 개나 떠 있다. 투명한 풍선 속엔 샛노란 액체가 빙글빙글 돌고 있다. 마치 비눗방울의 무지갯빛 막이 움직이는 것처럼. 나는 공기 방울을 낳은 것이다.

"야, 이거 뭐야?"

친구의 얼굴이 기쁨으로 빛났다. 얘, 대체 뭐하는 녀석이지? 아무리 동그란 풍선 모양이지만 똥은 똥이다. 직경 4센티 정도의 알이 보글보글 네 개 정도 떠 있다. 풍선들을 감싼 막이 풍선과 풍선 사이에선 배배 꼬인 채 연줄처럼 잘록해져 있었다. 풍선은 점점 작아져서 직경 1센티 정도 되는 두세 개는 더욱 달걀과 비슷했다.

"뭐야? 이거."

인간은 원래 희귀한 것을 갈망하는 동물이던가? 뭐지? 이 기쁨에 가득 찬 얼굴은.

똥이긴 하지만 솔직히 말해 아름답다고 표현해도 좋을 만한 형상이었다. 투명한 노란색 비눗방울.

"야, 젓가락 갖고 와."

친구가 명령했다. 나는 나무젓가락을 들고 다시 변기로 돌아왔다. 아무리 희귀하다지만 타인의 똥을 건드릴 용기는 없으리라 생각하고 가장 큰 것을 찌르려는데,

"잠깐, 내가 할게."

하고 그녀가 내 손에서 젓가락을 낚아챘다. 젓가락으로 찔러도 비눗방울 똥은 물 안에서 빙글빙글 돌기만 했다. 껍질이 엄청 튼튼하다.

"뭐야, 이거. 포크 갖고 와, 큰 걸로."

나무젓가락은 버리면 되지만 포크는 어떻게 하나? 버리나? 나는 서랍 안에서 버려도 될 것 같은 포크를 찾았다. 좀 쩨쩨한가?

그리하여 제일 큰 놈은 친구가 터뜨렸다. 풍선이 오므라들다가 결국 뒤틀린 연줄 모양이 되었다.

"나도 해볼게."

이 징그러운 것을 내 손으로 처리하고 싶었다. 내 똥이잖아. 그렇게 둘이서 터뜨렸다.

1센티 정도 되는 것이 남았기에 "네가 할래?"라고 물었다.

"시시해, 너무 작아."

그러고 둘이서 변기를 가만히 들여다보았다.

"이거 조사 의뢰할까?"

이제야 제정신으로 돌아왔는지 그녀가 말했다.

"그럼 터뜨리지 말걸."

"그러게. 하지만 터뜨리고 싶게 생겼어."

나는 만족했다. 증인이 생긴 것이다. 나는 거짓말쟁이도 허풍쟁이도 아니다. 흡족한 마음으로 알의 잔해를 흘려보냈다.

변소에서 나와 고타쓰에 마주보고 앉았다. 친구 얼굴이 아직도 기쁨으로 빛났다. 정말로 이 친구는 내가 죽을 때 "야, 어떤 기분이야?"라고 물을 게 틀림없다.

"저거 나올 때 느낌이 이상했어? 항문이 꿀렁꿀렁 했다든지."

"글쎄, 그냥 보통이었어."

"한꺼번에 좌르르 쏟아졌다든지?"

"까먹었어."

인간은 참 잘 잊는다. 친구는 1년 이상 더러운 독충을 챙겨준

보람이 있었다는 듯한 얼굴이었다. 나는 이 친구가 이렇게 기뻐하는 걸 본 적이 없다는 생각을 했다.

정말로 잘 잇는다.

나는 다음으로 줄무늬 고양이의 꼬리 같은 똥을 배출했다. 지금 생각하면 그게 달걀 전이었는지 후였는지 확실하지 않다.

내 똥은 여전히 콜로이드 상태의 암녹색. 어느 날 뒤돌아보니 변기 안에 줄무늬 고양이의 꼬리 같은 똥이 똥 모양으로 제대로 떠 있었다. 선명한 노랑과 검정 줄무늬였다. 길이 20센티, 굵기 3센티 정도. 노란 부분 1센티, 검정도 1센티 정도. 그게 정확히 줄무늬로 나타나 있었다. 노란색과 검정 사이가 흐릿한 것도 아니었다. 나는 또다시 멍해졌다. 내가 그린 줄무늬 고양이의 꼬리보다 훨씬 더 정교한 줄무늬였다. 똥은 일반적으로 어떤 제조과정을 거치는 걸까? 나도 건강할 땐 처음에는 거무스름하다가 점차 갈색, 그러다 끝에는 제법 노란색을 띤 똥을 배출했다. 그때는 색과 색 사이가 이렇게 명확하지 않았다.

아직 엉덩이를 내놓은 채였다. 줄무늬 똥을 관찰하다보니 똥이 조금 더 나올 것 같았다.

물똥이 나왔다. 일어나서 변기를 봤다. 놀랐다. 똥이 연하게 확 퍼져 있었다. 호랑나비의 검은 날개 같았다. 게다가 새까만 날개 안에 선명한 샛노란 색 소용돌이무늬가 그려져 있다. 줄무늬 똥

양쪽에 좌우 대칭으로 호랑나비 날개 두 장이 엷게 펼쳐진 형상이다. 노란색의 고운 소용돌이무늬를 띤 채.

남은 평생에 이토록 아름다운 똥을 또 누지는 못하리라 생각했다. 희귀한 것을 좋아하는 친구가 옆에 없다는 게 참으로 안타까웠다.

나는 홀로 고독하게 물을 내려 흘려보냈다.

🦅 아무래도 좋은 일

MRI로 머릿속을 들여다봤지만 딱히 이상은 없었다. 나이가 들면서 뇌가 수축했을 뿐 동갑인 옆집 아줌마와 비슷한 상태였다.

하지만 비정상적인 건망증이다. 집안일을 봐주는 도우미 아주머니의 이름이 생각나지 않는다. 친구가 와서 그녀의 이름을 불러줄 때까지 모른다. 한번 생각나면 괜찮은데 다음날이 또 불안하다. 날짜와 요일이 가물거리고 4월인지 6월인지도 모르겠고 매일 월요일이라고 해도 그런가 한다.

생활 습관이 건망증에 박차를 가하는지도 모른다. 매일 소파에 단정치 못하게 드러누워 TV만 보기 때문이다. 며칠이든 무슨 요일이든 상관없는 생활을 하기 때문이 아닌가?

문득 과거를 돌아보면 (돌아보고 싶은 과거 따위 전혀 없을 만큼 지긋지긋하지만) 어떤 일이 먼저고 어떤 일이 나중인지 모르겠다. 마치 과거를 회상하는 장면과 현재를 자유자재로 오가는 영화 같다.

오늘 옷장을 열었더니 옷이 하나도 없었다. 누군가에게 주었는데 그게 누구였는지 기억이 나지 않는다.

나는 옛날부터 잘 잊는 편이었다. 아마 내게 있어서 아무래도 좋은 일이었기 때문이리라. 아무래도 좋은 일이 지나치게 많은 일생이었다.

이런 생각도 강하게 든다. 살아도 살지 않아도 크게 다를 바 없는 일생이었다는….

하지만 필사적으로 살아냈다. 두 번 다시 이렇게는 할 수 없으리라 생각되는 일도 이를 악물고 해냈다.

이젠 그런 일에 대한 기억도 신선도가 점점 떨어져 아득하기만 하다.

인간은 잊지 않으면 살아갈 수 없다.

세월이 흐를수록 살아온 날에 대한 기억도 방대해지지만, 전부 머릿속에 담아두면 아쿠타가와 류노스케처럼 요절해야 하리라. 나 같은 사람은 세 번 정도 죽어야 한다. 다행히 나는 아쿠타가와가 아니다. 신이시여, 감사합니다.

그리하여 내가 쓴 글도 어, 언제 썼더라, 하고 생각하게 되었다.

죽어서 염라대왕이 "이름은?" 하고 물으면 "엇, 누구 이름요?

저요? 까먹었어요"라고 대답할 것 같다.

-2009년 5월 31일

사노 씨는 알고 있다

- 나가시마 유

사노 씨는 알고 있다.

이 책에서 사노 씨는 여러 일에 대해 자주 "모른다" "알지 못한 다" "잊었다"고 했지만 사실은 많은 것을 알고 있다(알고 있었다).

'알고 있다'고 말하려면 '이 정도는 알아야지'라는 엄밀한 기 준이 따라붙는다. (딱히 누구와 비교해서 하는 말이 아니라) 자신을 드 러낼 때의 허용 기준이 높은지도 모른다. 오리쿠치 시노부에 대해 서도 몽골에 대해서도 모른다고 하지만 아마 나보다 더 많이 알 고 있을 것이다(바보 경연대회를 하자는 건 아닌데, 釈迢空를 어떻게 발 음하는지 나는 지금도 모른다).

사노 씨는 아는 척하는 일이 없는 데다, 아는 척하며 으스대는 사람에게도 모르면서 아는 척한다고 절대 단정 짓지 않는다(의심 은 할지도). 그리고 자신은 모른다고 반드시 글의 초반에 고백한다. 중간이나 끝이 아니라 반드시 처음이다.

그런 사노 씨가 나한테 "어머나, ○○도 몰라?" 하고 어이없어한 적이 있다. 그게 누구였는지 지금은 잊었지만 ○○는 유명한 문학가 이름이었다.

"아, 예." 사노 씨는 송구스러워하는 나에게 또 이런 말을 덧붙였다.

"심하네, 앞으로도 계속 《도라에몽》만 읽어라!"

"아, 예."

○○도 모르는 (사람인데 '소설가'라는 직업을 갖고도 잘도 먹고 사는) 나를 보고 통쾌한 듯 웃었다.

내가 여기에다 그 문학가 이름을 쓰지 못하고 '○○'라고 쓴 걸 보면 지금도 기억하지 못한다는 뜻이리라. 사노 씨 말대로 만화만 봤더니 훌륭한 만화상의 선고위원이 되었다(가명으로).

사노 씨는 아는 걸 자랑하지 않지만, 알고 있고, 또 알려고 한다. 식견도 있다. 보부아르에 대한 평도 분명 적확했다. 몸 상태가 좋지 않은데도 넘치는 탐구심을 주체하지 못하고 자기 똥을 자세히 관찰한다(너무 자세히 본다). 뭔가를 가르쳐준 사람에겐 감사의 말이 과장스럽다 싶을 정도로 계속 나온다. 이 세계에 대해서는 순수하게 신기해한다. 기타카루이자와에서 봄을 지내며 "새싹이 하룻밤 사이에 1센티" 자랐다는 사실에 우선 놀란다. "신기하게도 매년 놀란다"는 말에는 내가 놀랐다.

새싹이 1센티 자란 것에 대한 놀라움은 놀라는 자신에 대한 신기함으로 연결된다. 이때 새싹과 사노 씨는 밭일을 하던 아저씨와 나니와부시처럼 '일체화'된 관계다. '신기하다'는 말에는 좋다거나 나쁘다거나 그런 평가는 포함되지 않는다. 그저 신기한 거다. 사노 씨의 신기하다는 말에 나도 비로소 신기해진다.

이 책에는 문고본 해설까지 포함하여 타인이나 다른 작품에 대한 글이 많이 실렸다. 여느 에세이집의 활달한 글과 조금 느낌이 다르다. 평가하는 대상을 배려하는 것 같기도 하다.

재미있는 데다 좋아하는 일이라 수락했겠지만, 그것과는 별개로 현실 세계에서도 사노 씨는 배려심이 깊다. 마작 게임에 초대받고 일단 머릿수를 채우려고 데려간 청년(사노 씨는 처음 만나는 모르는 사람)에게도 격의 없는 태도로 대한다. 그냥 친절한 것과는 다르다. '젊은'(새로운 가치관을 가진, 가능성 있는) 사람의 젊음에 경의를 감추지 않는다.

글로 접할 때는 친하거나 가까운 사이라고 해서 무턱대고 배려하진 않는다. 오리쿠치 시노부나 가와이 하야오의 이름값은 제쳐놓고 그 사람의 식견이나 능력에 경의를 표한다.

육친에 대해서도 그렇다. 끝까지(과장은 있을지도 모르지만) 공정하게 평가한다. 그 공정함은 친아들에게까지 이른다. 아들을 냉정하게 평가하지만, "귀엽다"고 솔직하게 말하고, 그런 자신의 마음을 세세하게 살피고, 또 글로 쓴다.

세세하게 살피는 자세가 드러나는 사노 씨 글의 그 세세한 부분이 좋다. 하고 싶은 말 사이에 끼어 있는, 리듬을 주기 위해 넣은 듯한 그 세세한 부분이 내겐 거의 본체다. 옷차림에 무관심했던 과거를 나중에 돌아보고 "지금 생각하니 정말 불쌍했다"고 적은 후에 바로 이어지는 "아, 불쌍해"의 쓸데없는 반복, 상 이름에 오르신 고바야시 히데오 선생에 대해 "이미 고인이셔서 다행입니다"라고 했던 그 타이밍(라이브로 들었던 사람으로서 보충하면, 사노 씨의 한 마디 한 마디가 장내를 웃음바다로 만들었다)!

"불상을 보면 신묘한 고요한 고마운 긍지도 느낀다"라고 했다. 신묘함, 고요함, 고마움과 긍지를 나도 분명히 느낀다. 하지만 "신묘한 고요한 고마운 긍지"라는 표현은 생각하지도 못했다. '…한'

으로 이어서 고마움에다 긍지까지, 불상에 대해 이야기할 때 단어를 그렇게 이어붙이는 사람은 없을 것이다. 사노 씨의 글을 읽고서야 비로소 그럴지도 모르겠다고 생각하게 된다. "드라마에서 방출되는 연애감정." 〈겨울연가〉를 그보다 짧은 말로 정확하게 평가한 글이 있었던가? 아니, 없다(의뢰받아 성실하게 적었을지도 모르는 서평에 비해 〈겨울연가〉를 설명할 때의 그 글발이란!).

사노 씨가 내게 편지를 준 적이 있다. 이 책에도 나오는 기타카루이자와를 무대로 쓴 《저지의 두 사람》이라는 내 소설을 드린 후 1년 가까이 지나 불쑥 도착했다. 이런 편지다.

나가시마 유 님
《저지*의 두 사람》을 보내주셔서 정말 감사합니다. 그런데 언젠가부터 책이 보이지 않았어요. 왜냐하면 집이 더럽기 때문입니다. 어딘가에 반드시 있을 텐데 아무리 찾아도 없어 초조해지려던 찰나, 어제 부엌에서 나왔습니다. 요리책 사이에 끼어 있더군요. 그렇게 재미있는 책은 최근 들어 읽은 적이 없습니다. 유 군, 굉장해요. 그토록 품격 있는 유머를 여기저기 갈겨놓다니, 대체 당신의 재능, 인품, 머리, 마음은 어디서 온 건가요?

나는 일본에서 가장 혜택 받은 독자입니다. 소설에 등장하는 산장에 숨어든 적도 있고, 니코니코도 주인장도 알게 되었고, 유 군도 조금 알고,

---

* 사노 요코가 보낸 편지 중에 맞춤법이 틀린 곳이 세 군데 있었다. 나가시마 유는 틀린 부분을 고치지 않고 그대로 실어 그녀의 인간적인 면모를 보여주려 했던 것 같다. 사노 요코는 '저지'를 뜻하는 가타카나 단어 'ジャージ'를 'ジャージィ'로, 근사하다는 뜻인 '素敵'를 '素的'로, 살아생전이라는 뜻의 '生まれて初めて'를 '生まれて始めて'로 표기했다.

책을 읽었더니 유 군이 어떤 사람인지 너무나 잘 알게 되어, 이미 남 같다는 생각이 들지 않습니다. 산다는 건 제법 건사한 일이라는 걸 절실히 느낍니다. 사람은 누구나 아름답다는 생각을 이런 닳고 닳은 할망구가 했다는 사실이 무척 기쁩니다. 팬레터를 쓰고 싶어져서, 사라생전 처음으로 팬레터를 쓰고 있습니다.

다음에 소학교용 져지를 주세요. 올해 여름 두 사람의 져지에 대한 수수께끼가 풀렸습니다. 조만간 같이 놀아주세요.

나는 언제나 한가합니다. 아무쪼록 소설 또 써주시길.

예이, 일본 제일!!

사노 요코

게이오 플라자 호텔 편지지와 봉투였다.

내 책 이야기를 하자니 송구스럽지만, 사노 씨가 감상을 보내

273

준 졸저의 내용 중에 '도야마 씨'라는 여성이 나온다. 독서를 좋아하는 많은 사람이 사노 씨를 모델로 한 인물이라고 생각한 모양이다. 사노 씨의 에세이에 '니코니코도'와 함께 나도 슬쩍 등장하기도 했으니, 나의 자전적 소설이기도 한 작품 속 산장에서 마음 내키는 대로 자유롭게 살아가는 여성을 사노 씨와 동일시하고 싶어지는 건 이해한다.

하지만 실제로는 아니다. 다양한 여성상을 뒤섞어 내 마음대로 조형한 인물이다. 사노 씨는 도야마처럼 가벼움이 겉으로 쉽게 드러나는 사람이 아니다. 저렴한 표현인지도 모르지만, 훨씬 더 심오하고 매력적인 인물이다(능숙하게 묘사할 수 있었다면 벌써 모델로 삼았겠지).

"사노 씨가 모델이시죠?" 하고 유치하게 묻는 이가 있었을지도 모르지만, 사노 씨는 그 일로 나를 나무라기보다 의뢰받지도 않은 글을 써서 선뜻 보내주었다.

'사라생전'은 어쩌면 그녀의 다정함의 일면인지도 모르지만, 그래도 이 편지를 떠올릴 때마다 내 가슴이 뜨거워진다. 솔직하고 겸허한 글이 정리되어 엮인 이 책 속에, 개인적인 편지이긴 하지만 감히 섞어 넣고 싶었다. 내가 사노 씨에 대해 이러쿵저러쿵 평하는 것보다 훨씬 유익하리라 믿는다.

문제가 있습니다

1판 1쇄 발행 2017년 1월 16일
1판 3쇄 발행 2019년 3월 15일

지은이 사노 요코
옮긴이 이수미
펴낸이 김성구

단행본부 류현수 고혁 현미나
디자인 한아름 문인순
제 작 신태섭
마케팅 최윤호 나길훈 유지혜 김영욱
관 리 노신영

펴낸곳 (주)샘터사
등 록 2001년 10월 15일 제1-2923호
주 소 서울시 종로구 창경궁로35길 26 2층 (03076)
전 화 02-763-8965(단행본부) 02-763-8966(마케팅부)
팩 스 02-3672-1873 **이메일** book@isamtoh.com **홈페이지** www.isamtoh.com

표지 그림 ⓒ 설찌
한국어 판권 ⓒ (주)샘터사, 2017, Printed in Korea.

ISBN 978-89-464-2049-6 03830

이 도서의 국립중앙도서관 출판시도서목록(CIP)은
e-CIP 홈페이지(http://www.nl.go.kr/cip.php)에서 이용하실 수 있습니다.(CIP제어번호: CIP2016030503)

값은 뒤표지에 있습니다.
잘못 만들어진 책은 구입처에서 교환해드립니다.